空母せたたま小学校、発進！

作：芝田勝茂
絵：倉馬奈未×ハイロン

登場人物紹《しょう》介《かい》
溝《みぞ》口《ぐち》アユ
おしゃれの大好きな
ヒトミのクラスメート。
野《の》間《ま》ヒトミ
せたたま小学校生《せい》徒《と》。
ゲーム大《だい》好《す》き。

三《み》田《た》フジムラ
超秀才《ちょうしゅうさい》。
ヒトミのクラスメート。
冬《ふゆ》元《もと》のぞみ
空《くう》母《ぼ》にあらわれた少女。
小《こ》六《ろく》マモル
ゲーム大好き。
ヒトミのクラスメート。

Contents

もくじ

プロローグ　大きな黒い雲

ぼくはいま
黒い雲になって
海の上に浮《う》かんでいる
きみの吐《は》いた毒《どく》を吸《す》いこんで
はてしなくふくらんで
みにくいかたまりになって
空に浮かんでいる

仕返しをしてやる
ぼくを産《う》んだきみに
ぼくを産んだくせに

ぼくを嫌《きら》い
たらいまわしにし
ぼくを埋《う》めてしまおうとしたきみに
思い知らせてやる

うそだ
そんなのはうそだ
おねがい
もういちど　抱《だ》きしめて
もういちど　やさしくして
ほんとはそう思ってる
かなえられない望《のぞ》み
ほんとは知っている

たどりつくところはどこなのだろう
あてどのない旅をする

泣《な》きながら
涙《なみだ》を流しながら
きみの吐《は》いた毒《どく》を吸《す》いこんで
どこかにぜんぶ吐きちらすために
ぼくは黒い雲になって
流れてゆく
もうすぐ
会いにいくから
もうすぐ

Chapter_1

新しい小学校

1 学校がやってくる

いやいやいや、話がちがう！

わたしは目をまるくして、マンションの屋上から「学校」をながめた。

そこには、明日《あした》からわたしたちが通う「学校」があるはずだった。

ところが……。


わたしたちの新しい学校は、「豪華客船《ごうかきゃくせん》」のはずだったのだ。

でも、これは、どう見ても、客船なんかじゃない。

軍艦《ぐんかん》だよ！

「ヒトミ、学校が、軍艦になっちゃったよ　どうしよう！」

そうさけんだのは、アユ。どうしよう、っていわれても、わたしだってこまる。

「あれは航空母艦《こうくうぼかん》だね」という声がした。ふりかえると、フジムラだ。めがねがよく似《に》合《あ》う、かしこそうなフジムラ。ほんとは藤村《とうそん》っていう名前で、なんでも、昔のえらい作家の名前からとったというんだけど、みんなフジムラって呼《よ》ぶ。

「あのねえフジムラ」とわたしはいった。「あれが航空母艦だってことくらい、わたしでもわかるわよ！」

「へえー！　すごいね、ヒトミ！」とフジムラは見直したようにわたしを見る。

「きみが航空母艦、なんてことばを知ってるとはおどろきだ」

「見そこなうなよ、フジムラ。でもそんなことより、なんで、わたしたちの学校が、航空母艦になってるの！」

「ぼくがききたいよ、それは」まあそりゃそうだ。フジムラだっていまはじめて見たわけだし。「でも、そのなぞをとくには、まず、あの空母《くうぼ》がなにものなのか、確認《かくにん》する必《ひつ》要《よう》がある」

フジムラはそういって、ケータイをとりだし、軍艦を撮影《さつえい》しはじめた。

「かなり旧式《きゅうしき》の空母だとは思うけど、確証《かくしょう》がつかめないことには」

旧式だよ、たしかに。そんなことはわかってる。

わたしとアユは、いらいらしてフジムラの答えを待つ。早くして。

わたしたちは、タマ川のほとりのマンションに住む、せたたま小学校の同級生だ。いま、うちのマンションのスカイルームでタマ川の河川敷《かせんじき》を見ているところ。ここはマンションの最上階《さいじょうかい》で、花火大会のときはみんなここに集まる。タマ川がよく見えるのだ。

昨日《きのう》まで、そこに小学校なんか、なかった。その河川敷は、以前《いぜん》あった「せたたま小学校」がむざんに流された場所だったのだ。

その場所に、今日《きょう》、小学校が「やってくる」はずだった。

そう、豪華客船《ごうかきゃくせん》……わたしたちの小学校が！

なのに、なのに、やってきたのは、軍艦《ぐんかん》！　それも、航空母艦《こうくうぼかん》！

話が見えない？　わけがわからない？

そりゃそうだよね。そう、ここにいたるまでの話があるんだよ。

順《じゅん》をおって話しましょう。ちょこっと長くなるけど。

わたしは野間《のま》ヒトミ。ごくふつうの小学生だ。趣味《しゅみ》はゲーム。成績《せいせき》きかないで。あと、けっこうみんなからは「ヒトミじゃなくてイヤミ」といわれる。

タマ川のほとりのマンションに生まれ育ち、商店街《しょうてんがい》のまんなかにある、たまがわ小学校に入学した。このせたたま地区には、せた小学校と、たまがわ小学校のふたつがある。ちょっとややこしいけど、がまんしてきいてね。

そのころ、せたたま地区では新しいマンションがたくさん建《た》って、小学生がふえ、ふたつの小学校は満杯《まんぱい》になってしまったの。それはもう、校舎《こうしゃ》に入りきれないくらい。

おかげで、わたしたちは一年生のときから、たまがわ小学校の校庭にきゅうきょ建てられたプレハブ校舎で授業《じゅぎょう》をうけることになったのだ。

それは、なんかなさけない話だった。

プレハブが建ったせいでグラウンドもせまくなる。そこはほとんど上級生に占領《せんりょう》されて、わたしたちは遊ぶこともできず、たてつけのわるいプレハブ校舎で、外を通る自動車の騒音《そうおん》にたえながら勉強していた。

学校を新しくつくってほしい。

わたしたちは切に願《ねが》った。

広々《ひろびろ》とした学校がほしい！

すると、それからまもなく、新しい小学校ができた。名前は、せたたま小学校。せた小とたまがわ小に入りきらないこどもを集めたので両方の名前をとった、ってわけ。まあ、ここはせたたま地区だからいいんだけど。

それぞれの学校にいのこる生徒《せいと》からは「せたたま」にひっかけて「けたたましいのをやっかいばらい」なんていわれてた。ひどいでしょ。でも、いのこり組もほっとしたんじゃないかな。校庭は広く使えるしね。で、わたしたちは、新しい「せたたま小学校」に新入学、ということになったわけ。


あら、そうなの、よかったわね、でおわるはずの話でしょ、ふつうは。

ところが、このせたたま小学校は、タマ川の河川敷《かせんじき》、つまり川原《かわら》に建《た》てられていたの。川原ですよ。

それまではススキがしげって、ごみとかペット（ペットボトルじゃなくてね）とかがすてられ、ホームレスのおじさんが小屋をつくってた、だだっぴろいタマ川の川原。広いからテニスコートや野球やサッカーのグラウンドもならんでいる。いちおう、公園というか、遊び場もある。ちょっとした丘《おか》になってて、いつもは陸《りく》つづきなんだけど、「島」とよばれるひょうたん島とか、ひょうたん池とか。

でも、川原だよ。

そこに、学校が建った。

ふつう、いくら広いからって、河川敷に学校を建てる？

ありえないでしょ。だって、タマ川の河川敷といえば、大雨がふったら、そこにあるグラウンドとかの施設《しせつ》はみんな水没《すいぼつ》しちゃうんだよ。ひょうたん島はほんとの島になっちゃうし、ひょうたん池なんか水没。池が水没だなんてわらい話にもなりゃしない。

でも、せたたま地区には、小学校を建てる敷地《しきち》なんか、どこにもない。このあたりは都心に通うのにべんりだから、土地の値段《ねだん》が高いのだ。それもめちゃくちゃ高い。土地があったらまずマンションが建ってしまうし、区にはそんなお金はない、ということだった。ほんとかな、と思うけどね。

そこで、反対の声もたくさんあったのに、けっきょく小学校は河川敷《かせんじき》に建《た》てられてしまったのだ。

かわりに、洪水対策《こうずいたいさく》ということで、タマ川はそれまでよりもずいぶん深く掘削《くっさく》されて、以前《いぜん》のように大雨がきても、河川敷の施設《しせつ》はけっして水没《すいぼつ》しなくなった。

川が深くなったことで、大型《おおがた》の船も、海から上がってこられるようになるという。学校ができただけでなく、せたたま地区は、「港」としてもこれから発展《はってん》することになる。東京湾《とうきょうわん》クルーズの観光船《かんこうせん》が発着《はっちゃく》する桟橋《さんばし》もできるそうで、いいことばかり。

めでたし、めでたし。


……というわけで、わたしたちは新しくできた「せたたま小学校」に通いはじめた。

なんてうれしい。

学校、大好《だいす》き。

プレハブじゃなくて、ちゃんとしたじぶんたちの学校だ。

教室からはタマ川のすてきなながめが見える。野鳥かんさつなんかすると、タマ川にはいろんな鳥がいる。セグロセキレイ、ユリカモメ、ススキの川原《かわら》をしのび足で歩けばキジにだって出会えるのだ。雄《おす》のキジのしっぽのきれいなこと。でもわたしは野鴨《のがも》が好き。あの、ちらっと見える、るり色の風切羽根《かざきりばね》がおしゃれだ。

もちろん大雨がふったらきけんだという人もたくさんいたが、河川敷《かせんじき》の小学校、わるくない。すずしい川風のそよぐ広い校庭で運動会もしたし、学校生活を思うぞんぶん楽しんでいた。

ところが、秋に「超《ちょう》ド級台風」が日本列島《れっとう》をおそったのだ。

「超ド級台風」というのは、スーパー台風のさらにその上の、信《しん》じられないほど大型《おおがた》の台風のことだ。「ドキュン台風」とかいう人もいたが、正確《せいかく》には「ド級台風」だぞ。中心気圧《きあつ》は八百ヘクトパスカル、半径《はんけい》は五百キロ、暴風雨圏内《ぼうふううけんない》の最大風速《さいだいふうそく》九十メートル。

温暖化《おんだんか》のせいだとか月が移動《いどう》してるとか、地球の軸《じく》が動いたとか、太陽のフレアが異《い》常《じょう》だとか、いろいろ説《せつ》があるが、世界中が異常気象《きしょう》になっている。いろんな自然災害《しぜんさいがい》が

「想定外《そうていがい》」の規模《きぼ》でやってくる。それまでの常識《じょうしき》をくつがえすこの「超《ちょう》ド級台風」は、日本にものすごい被害《ひがい》をもたらした。首都圏《しゅとけん》では、何百万人というひとが避難《ひなん》し、洪水《こうずい》にならないはずのタマ川もあっというまにはんらんした。

タマ川の流域《りゅういき》が水びたしになっただけではない。

あきれるようなことが起きてしまった。

わたしたちの学校が、なくなったのだ。

きれいさっぱり、じつにあっさりと、河川敷《かせんじき》のせたたま小学校は、できあがってわずか数年で、ごっそり、敷地《しきち》もろとも洪水で流されてしまった。

そのできごとは夕方から夜にかけてだったたし、みんな家にいたから、テレビの中継《ちゅうけい》で校舎《こうしゃ》が流されていくのを見て、みんな悲鳴《ひめい》をあげ、それから泣《な》いた。もちろんわたしもそのひとりだけど。

学校が流されてしまったので、わたしたちは、たまがわ小学校のグラウンドと、せた小、それから近所のたぬき公園の敷地《しきち》に建《た》てられたプレハブの校舎にもどされた。

「小学校難民《なんみん》」といわれて、テレビでも話題になる。

インタビュアーのお姉さんが「どうですか？　仮《かり》の校舎ですが、まがりなりにも勉強はできてる？」とたずねたので、わたしはいった。

「もう、間借《まが》りはいやです！　洪水で流されない校舎をください！」

インパクトがあったらしく、全国から寄付《きふ》が集まった。人気のなかった区長が、政府《せいふ》に学校の建設《けんせつ》をかけあい、政府もしかたなく、新しい学校建設の援助《えんじょ》を約束《やくそく》した。話はここから急ピッチですすむ。だれも予想《よそう》しなかった展開《てんかい》になるのだ。ある日、区長が記者会見をして、いった。

「新しいせたたま小学校が、あと一か月でできあがります！」

みんな、びっくりだ。

「いったい、どこに新しい学校を建設《けんせつ》しているんです？」

「みなさんの知らないところです。もうすぐ、その学校がやってきます」

「やってくる？」

「そう。新しい学校というのは、じつは豪華客船《ごうかきゃくせん》なんです！」

なんとなんと、区は、ごうせいなことに、大型《おおがた》の客船を一隻《せき》まるごと買い取って、それをせたたま小学校にしちゃう！　という、びっくりプランを考えたってわけ。もう、それをきいて、わたしたちは大よろこび。

「やった！」

「太平洋クルーズができる小学校！」

「船の上にはもちろん、プールもあるよね！」

「パーティーだってできちゃう！」

みんな大さわぎ。保護者《ほごしゃ》たちもよろこんだ。

「やるじゃない、区長」

「見直したわ」

「これで、つぎの選挙《せんきょ》でも区長さんは安泰《あんたい》ね」

ところが……。時間がたつにつれ、いろんなうわさが入ってくる。そんなにいいことばかりではなかった。

「どうやら、その船って、おんぼろらしいわよ」

「なんでも、昔は豪華客船だったけど、古くなって、インドのどこかの港で解体《かいたい》されて沈《しず》められるところを、むりやり、安く買い取ったらしいの」

「そりゃそうよね。豪華客船なんか、買えるわけがないもの」

もっとひどい話もあった。

「解体するかわりに引き取るから区にお金が入るんだってさ」

「なるほど、ゴミ処理《しょり》みたいなものか」

「それで改装《かいそう》の費用《ひよう》も出たらしいわ」

「なんと、ぬけめのない区長だ」

でも、わたしたちにとっては、そんなことはどうでもいい。なんてったって、小学校が、船なのだ。それって、すてきじゃないの！

そして、今日《きょう》、いよいよその「豪華客船《ごうかきゃくせん》」の小学校がやってくる……はずだった。

だが、たまたまその日は、わたしたちは外に出てはいけないという注意を受けていた。

わるい空気のせいだ。

なんか、かなりひどい大気汚染《たいきおせん》というか、そういう注意報《ちゅういほう》が出たので、せっかくタマ川をゆうぜんと航海《こうかい》してくるはずの豪華客船の勇姿《ゆうし》を見たかったのに、家で待機《たいき》、ということになってしまったのだ。

それで家でくすぶっていたら、アユが電話してきて、マンションのスカイルームで見よう、というので、フジムラもさそって集まった。

「これは……どういうことだ?」と、フジムラはケータイを見ながらいった。

「なんかわかった?」「どうだった?」と、わたしとアユは息まいてさけぶ。

「わかった。画像《がぞう》が一致《いっち》する。あれは、旧《きゅう》日本海軍《かいぐん》の航空母艦《こうくうぼかん》、祥龍《しょうりゅう》だ!」

「はあ?」

「祥龍？　なにそれ」

とまどうわたしたちにフジムラはむずかしい顔をしていった。

「ありえないことが起きている。空母《くうぼ》祥龍は、昔、とっくに沈《しず》んだ軍艦《ぐんかん》だ。それがなぜ、ぼくらの小学校になって、ここにやってきたんだろう？」

そのとき、声がした。

「おい、みんな！　見たか！」

「マモル！」

ふりかえると、同級生の小六《ころく》マモル。昔はらんぼうで、どうしようもない子だったけど、最近《さいきん》、ゲームにはまり、わたしともゲームの腕《うで》をきそうようになってから、すこしおとなしくなった。でもふだんはわんぱくで元気いっぱいの小学生だ。そのマモルが、顔をかがやかせて、わたしたちのところに走ってくる。

「見ろよ、空母だぜ、ヒトミ！　あれ、祥龍だよ、日本海軍の！」

わたしとアユもおどろいたがフジムラはもっとおどろいた。

「マモル、きみ、どうして、あれが空母祥龍だってわかったの！」

「はあ？」と、マモルが逆《ぎゃく》にびっくりしている。

マモルときたら学校の成績《せいせき》は最低《さいてい》なのに、そのマモルの口から、フジムラが必死《ひっし》でさぐりあてた空母《くうぼ》の名前が出てくるなんて！

「祥龍《しょうりゅう》は、日本海軍《かいぐん》で最初《さいしょ》につくられた空母の一隻《せき》だよ。レトロだから人気があるんだ。なんといっても、飛行甲板《ひこうかんぱん》が木製《もくせい》なんだぜ。いろいろ改装《かいそう》されても木の甲板だけは変《か》わらなかったんだ。ニクいだろ。空母としては小型《こがた》のほうだけど、真珠湾攻撃《しんじゅわんこうげき》、珊瑚海海戦《さんごかいかいせん》、ミッドウェー海戦、レイテ沖《おき》海戦などなど、太平洋戦争のおもな海戦はぜんぶ参加《さんか》してる。搭載機数《とうさいきすう》はゼロ戦が二十機ほどだから、攻撃力《こうげきりょく》は少ないし、偵察《ていさつ》とかが専門《せんもん》だったから、あんまり敵《てき》にねらわれることもなく、ほとんど無傷《むきず》で終戦《しゅうせん》をむかえたんだ。まあ、奇跡《きせき》といっていいね。でも戦後は米軍《べいぐん》に接収《せっしゅう》されて、南太平洋の水爆実験《すいばくじっけん》に使われて、そこでとうとう沈《しず》められた。同型艦《どうがたかん》に『幸龍《こうりゅう》』ってのがいるけど、そっちの飛行甲板は鉄板だから、いっぱつでわかる」

マモルはほとんど暗記してるみたいにすらすらいった。いわれてみれば、眼下《がんか》の空母の飛行甲板は茶色で、木の板が張《は》ってあるように見える。

「す、すごいね、マモル！」と、わたしは尊敬《そんけい》の目をむける。するとフジムラがいった。

「問題は、その空母祥龍がなぜ、ここにいるかってことだろ。ありえないじゃないか。タイムスリップしたっていうのか？　船が？」

「たしかに。そこがなぞだよな」と、マモルはあっさりいった。そしてにやりとわらうと、わたしたちにいった。「行ってみようぜ。いまから。そしたら何かわかるよ、きっと」

「あのさあマモル」とアユ。「あたし、いま気がついたんだけど、今日《きょう》って、空気の注意報《いほう》出てるでしょ。なのにあんた、どうして外に出てるのよ」

「それにどうしてうちのマンションに入れたの？　セキュリティでドアしまってるでしょう」

マモルはあきれたようにわたしたちを見る。

「注意報なんか気にしてたら外で遊べないじゃん。外に出ないのは警報《けいほう》のときだけだろ。みんな塾《じゅく》だって行ってるぜ。セキュリティ？　このマンションなんて、だれか入るときについてけば、かんたんに入れるさ。おまえら、ほんっとにくそまじめなんだな。で、見に行く？　行かない？」

そういわれては、行かないわけにはいかない。

「行く？」というと、アユも、フジムラもうなずいた。そういえば、この四人がそろって何かするなんて、保育園《ほいくえん》いらいのことではないか。わたしたちはおたがいを見て、ちょっと首をすくめ、なんかおかしくなってわらった。

……みんな、大きくなったもんだ。

2 艦《かん》内《ない》探《たん》検《けん》開始！

河川敷《かせんじき》の手前に、タマ川の旧堤防《きゅうていぼう》がある。この堤防は大昔につくられたもので、そのころはタマ川はよく流れを変《か》えていたので、いまはせたたまの町の中にとりのこされ、堤防の役目ははたしていない。上が散歩道《さんぽみち》になっていて、高いところではタマ川が見わたせる。

その旧堤防の高くなったところに、見物のひとがたくさんいる。花火大会のときみたいだ。だれもがせたたま小学校、つまり空母《くうぼ》を見ておどろきの声をあげている。

「すげえなあ！」

「ほんものの軍艦《ぐんかん》だ！」

「どこが豪華客船《ごうかきゃくせん》だよ」

「航空母艦《こうくうぼかん》だぜ、これはどう見ても」

もうすでに、みんな、これが豪華客船なんかじゃないことに気づいているのだった。

その人がきをぬけ、わたしとアユ、そしてフジムラとマモルの四人は旧堤防をかけおりて、いまのタマ川の新堤防にむかって走る。

「おいおい、今日《きょう》はこどもは外に出ちゃいけないだろ」

「ま、いいんじゃないの？」

「おーい、あぶないよ、そっちは！」という大人《おとな》の声がする。

「ふふん、わたしたちの遊び場だよ、ここは」と、わたしとアユは顔を見あわせてわらった。

学校への道は、大人にとってはひとつだけ。つまりそれはせたたま小学校への正式な通学路のことだが、道はほかにもいくつかある。こどもしか知らない道だ。いまわたしたちが走っているのは、そのひとつ、通称《つうしょう》「風の通り道」。両側《りょうがわ》がススキとか、たけの低《ひく》いツツジとかアジサイなんかにかこまれている細い通路だ。ここに入ってしまうと、だれからも見えない。

「忍者《にんじゃ》走りで！」と、マモルがさけぶ。

わたしはぷっとふきだした。やったなあ、それ！

「ＯＫ《オーケー》！」とこたえて、わたしたちは背《せ》をかがめ、保育園《ほいくえん》のときと同じように、忍者みたいに走る。上半身は動かさないようにして、両足をささっとすばやく動かして走るやり方で、マモルが教えてくれた。こうするとつかれないんだ。あのころはそう信《しん》じてた。ほんとなのかな。

風の通り道をぬけ、うずたかく積《つ》みあげられた工事用資材《しざい》の山をこえると、そこはもう、学校の校門。

……といっても、いまは流されて消えてしまったせたたま小学校の北の入口で、工事をして桟橋《さんばし》になっているのだが、やはりマンションで見たとおり、目の前には学校ではなく航空母艦《こうくうぼかん》がそびえている。

「すげえ！」「うわあ！」「何これ！」「ううう……」と、わたしたちはそれぞれに感嘆《かんたん》やおどろき、疑問《ぎもん》の声にため息《いき》をいっせいにあげて、目の前の船を見た。

空母《くうぼ》は、タマ川に浮《う》かんでいる。つまり、わたしたちのいる桟橋に空母の長い船体が横づけされている。

目の前の空母は、灰色《はいいろ》に塗装《とそう》された鉄板でおおわれていて、丸い窓《まど》がいくつもならび、鉄釘《てつくぎ》のようなものがびっしりと鉄板のつなぎ目にそって打ってある。鋲《びょう》というのだとフジムラが教えてくれた。古い軍艦《ぐんかん》に特有《とくゆう》のやり方でつくってあるらしい。

灰色のその姿《すがた》はやはり軍艦だ。なんだかものものしい。

上を見あげると、たぶん地上三階とか四階くらいの高さのところに、ぐっとつきでた飛行甲板《ひこうかんぱん》が見える。下から空母を見あげると、こんな感じなのか。

そしてその飛行甲板の下には、あちこち、半円形や四角い箱のようなのがつきでたり引っこんだりしている。太くて長い棒《ぼう》もハリネズミみたいに何本もつきでている。

「あれ、何よ」

「大砲《たいほう》。正確《せいかく》にいえば機関砲《きかんほう》、つまり機関銃《きかんじゅう》のもっと大きなやつと思えばいい」と、フジムラ。

「げえっ！　大砲！」

「いまどきの軍艦は、あんな旧式《きゅうしき》の機関砲とか対空高角砲《たいくうこうかくほう》なんか、ついてないけどね」

マモルもうなずいている。

「だよな。いまは機関砲もファランクスがほとんどだろ」

そういって、マモルはえらそうに、スフィンクスだかファランクスだかについてうんちくをかたむける。まあ要《よう》するに最新《さいしん》の機関砲というのはレーダーつきの、丸くて白い帽子《ぼうし》をかぶったような形をしていて、こんなにおそろしげなものではないのだそうだ。

「でもそのかわり、威力《いりょく》ときたら昔とは格段《かくだん》にちがっていてさ……」

フジムラもいった。

「あの二門あるのが連装高角砲《れんそうこうかくほう》で、三連装のが、対空機関砲だ」

「建造当初《けんぞうとうしょ》はあんなのはなかった。改装《かいそう》されてからのものだね」

「そうそう。大和《やまと》と武蔵《むさし》だって、側面《そくめん》にあった六インチ砲《ほう》をとりはずして、対空機関砲《たいくうきかんほう》と高角砲にかえたもんな」

「あと甲板《かんぱん》にもたくさんの機銃《きじゅう》とか。でも結局《けっきょく》空からの攻撃《こうげき》はふせげなかった」

フジムラとマモルは妙《みょう》に話がはずんでいる。びっくりだ。

「あのさあ、男子」とアユ。「なんであんたたち、そんなにくわしいの。学校で教わったっけ？」

マモルとフジムラは声を出してわらった。

「学校で教えるかよ、軍艦の武器《ぶき》なんか」

「ぼくは大和とか、プラモデルでつくってるんだ、旧海軍《きゅうかいぐん》の軍艦はよく知ってる。まだこの空母祥龍《くうぼしょうりゅう》をつくったことはないけどね」と、フジムラ。

「おれは、『艦隊《かんたい》バトル』やってるからね、フジムラにも負けないと思うよ」

「マモル、あんなのやってるの！」とわたしはマモルをこづいた。『艦隊バトル』は、旧日本海軍の軍艦がこぞって登場してたたかう、海戦ゲームなんだけど、大人《おとな》向けのやつなのだ。つまり、ちょっとエロい。なんで戦争ゲームがエロいのかよくわからないが、登場するキャラが、たとえば軍艦の艦長《かんちょう》とかがかわいい女子だったり、まあ、いろいろあるらしい。

「勉強もしないで、ばかめ」

「あのさ、ヒトミ。意味がわかんないんだけどさ。なんでおれが、『艦隊《かんたい》バトル』やってるっていったら、おまえに怒《おこ》られるわけ？」

「そういうの、セクハラ、っていうんだよ！」

「別《べつ》におまえのスカートめくったわけじゃないじゃん。なんでセクハラなんだよ」

「女子が気分わるくするようなことをいったら、セクハラ、っていうの！」とアユが助け舟《ぶね》をだす。

「そ、そうなのか？」とマモルはフジムラを見る。

「まあ、大人《おとな》のやることはたいていセクハラだからね。大人のゲームをやってるマモルもセクハラだろうな」とフジムラ。

「なるほど」納得《なっとく》するか。

フジムラはうまく話題をかえる。

「とにかくマモル、まちがいなく、これは軍艦《ぐんかん》だよね。どうころんだって、こんな武装《ぶそう》をした鉄のかたまりが、豪華客船《ごうかきゃくせん》であるわけがない」

「だよな。でも客船よりは軍艦のほうがおもしろそうじゃん？」

「これだから男子は！」とわたしはいった。「あんたたちは、平和憲法《へいわけんぽう》を知らないだろ。ちゃんと習ったはずだぞ」

男子、なんの反応《はんのう》もない。

「それより、どこが入口なんだろう？」

フジムラのことばがおわるかおわらないうちに、マモルがかけだした。

「待ってよ、マモル！」

「入口！　見っけ！」

船体の中ほどに、白い階段《かいだん》がある。避難訓練《ひなんくんれん》のときに使う、白くて細長いすべり台のようだ。でももちろんすべり台ではなくて、階段である。フジムラがいった。

「タラップだ」

「タラップ？　うさぎのダンス？」とアユ。意味がわからん。

「客船とか、大きな船はこれを使ってあがるんだ」

「行こうぜ」とマモル。

「あのさあ、見物人もたくさんいるのに、入っていけるわけがないでしょ」するとアユがわたしの肩《かた》をつつく。

「でも見てごらんよ、ヒトミ」

「ん？」

ふりかえる。このタラップ、つまり空母《くうぼ》の入口のまわりには、立ち入り禁止《きんし》の看板《かんばん》の外に、工事の足場用の鉄パイプとか、いろんな建設資材《けんせつしざい》がうずたかく積《つ》みあげてある。

校門そばの木もしげっている。

「立ち入り禁止だよね」とわたしはいった。

「そうじゃなくて！」

「どういうことよ」

「ヒトミ、ここは死角《しかく》なんだよ」

「死角？」

「だから！」

「だから？」

「ここに入れるの！」

「はあっ？」

やっと、わたしにもアユがいってることがのみこめた。つまり、ここからは、建設資材や木にじゃまされて旧堤防《きゅうていぼう》が見えない。ということは、わたしたちの姿《すがた》もまた、旧堤防からは見えないということだ。

「だからって、この軍艦《ぐんかん》の中に入ろうってわけ？」

「おいおい」とマモルがいった。「そのためにわざわざ風の通り道を走ってきたんじゃないのかよ」

「な、なんてことを！」

わたしはぶるぶるぶると首をふったが、三人はもうタラップに足をかけている。マモルはにやっとわらった。

「ヒトミ、来ないなら、おいてくぞ。そこで待ってろ」

「冗談《じょうだん》じゃないわよ」

わたしたちは用心深くタラップをあがった。この船はいま、せたたまじゅうのひとが注目している。旧堤防《きゅうていぼう》からも丸見えだ。だが、タラップの側面《そくめん》にはうまいぐあいにカバーがついていて、わたしたちがちょっと背《せ》をかがめると、外からは見えなくなる。

「でもね、上についたら、この船に乗ってるひとが、わたしたちを見つけて、ただじゃおかないわよ。パパとママに連絡《れんらく》されて、大目玉よ」

「おれさあ、いちど横浜《よこはま》の港に、イギリスの船が来てたとき、こんなふうにタラップをあがって、船の中に入ったことがあるんだよね」とマモルがいった。

「えー、すごい。そしたら？」

「それがさあ」とマモルは鼻をぴくぴくさせていった。「もう、船のイギリス人がみんな、おれをかこんで、お菓子《かし》とか果物《くだもの》くれるわ、ギターひいてくれるわ、そりゃあすげえオモテナシだったんだぜ」

「あー、それは違法行為《いほうこうい》だね」とフジムラ。「よく見つからなかったもんだ」

「そ、そうなのか？」

「当然《とうぜん》だろ。船の中といえど、そこは外国なんだから、勝手に入ってはいけないんだよ。不法入国《ふほうにゅうこく》。よくまあ、ぶじに出られたもんだ」

「ああ……まあ、けっこう、こっそり」とマモル。こまったやつだ。

「でも、この船は別《べつ》にいいだろ？　だっておれたちの小学校になるんだし」

「まあ、そういうことにしよう」

とかなんとかいってるうちに、タラップをのぼりきり、わたしたちはぴょん、と船の中におりたった。

「なんか、雰囲気《ふんいき》あるねえ」とアユがいう。「昔の軍艦《ぐんかん》らしい感じ」

「そんなこといって、おまえ、昔の軍艦なんか知らないくせに」

「だってほら」とアユはいった。「廊下《ろうか》でしょ、ここ。木の廊下なんてめずらしくない？」

わたしたちはタラップをおりた場所から船首《せんしゅ》にむかう通路を歩いている。アユにいわれて足もとを見ると、船の舷側《げんそく》にそった外側《そとがわ》の通路は、木板が敷《し》きつめてある。昔の洋《よう》館《かん》の廊下みたいだ。

「水兵《すいへい》さんたちが、ここをモップでそうじしたんだ」とわたし。

「ということは、おれたちもここをそうじしなきゃならないってことか」

マモルがげんなりしている。罰当番《ばっとうばん》でしょっちゅうそうじをしているから。

「でもこれが、ほんとに旧《きゅう》日本海軍《かいぐん》の空母《くうぼ》、祥龍《しょうりゅう》だとしたらさ」とフジムラ。

「うん?」

「なぜ、それがここにある?」

「だからさあ」とわたしはあきれていった。「それを調べるためにここに来たんでしょ!」

「それはそうなんだけどさ。いざ、ここに本物があると、なんかわけがわかんなくなるんだよね。ありえなくても、こういう実物を見せられると」

「本物かどうか、まだわかんないわよ」とアユがいう。

「どうして? これはどう見ても、昔の日本海軍の空母じゃないのかよ」

「マモル、あんたがいったんじゃない。空母祥龍は、戦争《せんそう》がおわってから、米軍《べいぐん》の水爆《すいばく》実験《じっけん》で沈《しず》められたって。ということは、これが祥龍なら、もう、海の底《そこ》でさびちゃってボロボロのはずでしょ? でもそうじゃない。ってことは、要《よう》するにこれはあんたのいってる祥龍という空母ではない、ってことよ」

おお、すごい、とわたしは思った。おしゃれにしか興味《きょうみ》がないアユがこんなに筋道《すじみち》たてしゃべっている。

「なるほどね。この船は、空母祥龍に似《に》ているかもしれないけど、でもじつはちがうってことね。わたしもそう思うわ」

「じゃあ」「それなら」と、マモルとフジムラが同時にいった。マモルがゆずる。「いったいだれがなんのために、旧海軍の祥龍に似た空母をつくる？」

わたしたちにわかるわけがないだろう。すると、「わかった！」とマモルが大きな声をだした。

「いってみなよ」とアユ。「どうせ見当ちがいだろうけど」

「豪華客船《ごうかきゃくせん》なんだ、じつはこれが！」

「はあ？」

「どこに、高角砲《こうかくほう》や機関砲《きかんほう》で武装《ぶそう》した、空母みたいな豪華客船があるっていうんだ」

「フジムラ、知らないな」とマモルは得意《とくい》そうにいった。「まあきけよ。ゲームの『艦《かん》隊《たい》バトル』は、世界中で何百万という人がはまってる。ゲーマーたちにしてみれば、空《くう》母《ぼ》祥龍《しょうりゅう》のレプリカみたいな客船をつくったら、みんな大よろこびだよ。だからきっと、そのかたちの豪《ごう》華《か》客船《きゃくせん》なのさ。そういうことだね！」

「ふうむ」わたしはなるほど、と思った。ゲーマーたちは、時にかなりマニアックだ。妙《みょう》なことにたくさんお金を出す。ありうる話だ。

　だが、フジムラは露骨《ろこつ》にばかばかしい、という顔をした。

「あのねえ、そういうことならニュースになってるってば」

　アユがたずねる。

「その、『艦隊《かんたい》バトル』っていうゲームでは、この空母祥龍が主役なの？」

「主役っていうか……まあ、重要《じゅうよう》なんだ。空母祥龍をどう使うかで、ゲームが左右されるのさ。それより空母祥龍に人気がある理由はなんといっても……」

　そのとき、声がした。

「すばらしい！」

　わたしたちが話している廊下《ろうか》に面した、内側《うちがわ》のドアが開いていた。

ドアの奥《おく》のほうに、だれか、いる。

3 艦隊《かんたい》バトルとは

「ようこそ、小学生しょくん！」

わたしたちは顔を見あわせた。

「……女の子？」と、アユがいう。

そうなのだ。その声は、中学生か高校生くらいの、女の子の声だったのだ。

「だれっ！」と、わたしはドアの奥《おく》にむかってさけんだ。すると、

「待っててね」という声。

暗いドアの内側《うちがわ》が、ぼうっと明るくなる。通路の両側《りょうがわ》や、天井《てんじょう》の照明《しょうめい》がついたのだ。

そして、そのあかりに照《て》らされて……。

「あっ！」

「こんにちは、みなさん！」

涼《すず》やかな声とともに、バレエのプリマドンナみたいにスカートのすそをつまんで優雅《ゆうが》にあいさつしながらあらわれたのは、ひとりの少女だった。白いブラウスに、青いスカーフの、制服《せいふく》みたいなのを着ている。スカートは短い紺《こん》のプリーツだ。でもそれよりも何よりも……。

「なに、このキレイな子は！」と、アユがため息をついた。

「ほんとだ……！」

わたしとアユは、あらわれた女の子のととのった顔立ちとスタイルに見とれた。ところが、マモルはさけんだ。

「し、し、しょうこちゃん！」

「しょうこちゃん？」

マモル、なんだそれは。まさか、こんなキレイな子と知り合いなのか？

「だれ、それ」とアユ。

「か、『艦隊《かんたい》バトル』で『空母《くうぼ》祥龍《しょうりゅう》』の艦長《かんちょう》をしている女の子……」

「ゲームの話かいっ！」とわたしはいった。

するとフジムラが冷静《れいせい》な声でいった。

「ということは、この船はやはり『艦隊バトル』のマニアのためにつくられた、レプリカの豪華客船《ごうかきゃくせん》？」

ああ、なるほどね。話が見えてきたぞ。つまり、戦争《せんそう》ゲームのファンのためにつくられた軍艦《ぐんかん》まがいの客船が、なんらかの事情《じじょう》で廃棄処分《はいきしょぶん》にされるところを、区長さんが引きとって、わたしたちの学校にしてくれた、ってわけか。わたしは納得《なっとく》した。ところがアユは首をふる。

「そしたら、このひとは？」

「だからさ、祥子《しょうこ》ちゃん」とマモル。

「だまらっしゃい！」とアユがどなった。「ゲームとかアニメのヒロインが目の前に出てくるわけがないでしょう。頭を冷《ひ》やせ、マモル！」

「でもこの子、祥子ちゃんにそっくりなんだよう！」とマモル。

「ええー。軍艦《ぐんかん》をそっくりにしただけじゃなくて艦長《かんちょう》さんもそっくりさん?」

すると女の子はにこっとわらった。

「わたしは、空母《くうぼ》せたたま小学校の艦長、冬元《ふゆもと》のぞみです」

「空母せたたま小学校?」

「艦長?」

「冬元のぞみ?」

「しょうこちゃん、じゃなくて?」

みんなそれぞれの反応《はんのう》をしたが、フジムラが代表してたずねる。

「あの、ぼくらにわかるように説明《せつめい》してくれないかな。そもそもどういうことなんですか?」

「いいよ。まず、中にお入りなさい。あなたたちが最初《さいしょ》のお客さまだから、おいしい紅《こう》茶《ちゃ》でもごちそうするわ」

そういって、冬元のぞみと名乗った女の子は、わたしたちにむかって片手《かたて》で通路の奥《おく》にさそうようなしぐさをした。とても自然《しぜん》で優雅《ゆうが》な動きだった。

それから先に立って、船の中へと歩いてゆく。

「紅茶だって！　ということは、ケーキもつくかな」とマモル。

「ばか〜」こういうときに、何を考えてんだか。だが、冬元のぞみは耳ざとくききつけて、マモルにいった。

「いちごのショートケーキでいいかな？」

「うわっ！　それ、最高《さいこう》です！」

「あたし、シフォンケーキがいい！」とアユ。

するとフジムラまで「じゃあぼくはベイクドチーズケーキ」。

わたしは頭にきた。みんながそういうんなら、わたしだって！

「フルーツタルト！」

「あ、それもいい！」とアユ。

せまい通路を二十メートルも歩いただろうか、行き止まりになる。すると冬元のぞみが、行き止まりの壁《かべ》の横のボタンを押《お》す。壁が自動的に両側《りょうがわ》に開く。エレベーターだ。

「本物の空母祥龍《くうぼしょうりゅう》には、人間を運ぶこんなエレベーターなんか、ついてないんだけどね」

「そ、そうなんですか！」とマモルが敬語《けいご》を使う。「でも、飛行機《ひこうき》を格納庫《かくのうこ》に入れるときは、たしかエレベーターだったと思うんだけど」

「あ、それはもちろん。わたしがいってるのは、人間用の昇降機《しょうこうき》のことよ」

「世界名作全集にあったっけ？」とアユがわたしの耳もとでささやく。

「それは小公子《しょうこうし》。話の流れでエレベーターのことだってわかりなさい！」

「あい」アユがおどけて返事する。

すかさずマモルが「うえお！」という。保育園《ほいくえん》のときと同じことをやっている、おばかさんたちだ。あのころはわたしが「かき！」とつづけ、フジムラが「くけこ」と、めんどくさそうにいうのだった。

エレベーターがウィィイィンと音をたてて、やがて止まる。ドアが開く。

「おお！」「ああっ！」「まあ」「すてき！」

目の前に、明るい大きな窓《まど》のついた部屋が。

その窓からは、せたたまの街《まち》が一望《いちぼう》だ。デパートやせたたま駅が見える。

部屋の中には、いくつものデスクが並《なら》び、その上にパソコンもおいてある。大画面のディスプレイも壁《かべ》にある。ふりかえれば、空母《くうぼ》の飛行甲板《ひこうかんぱん》。まっすぐな白い線が甲板にひいてある。

甲板のわきに、わたしたちのいる建造物《けんぞうぶつ》が建《た》っているのだ。

「管制塔《かんせいとう》みたいだ」とアユ。「空港とかにある、あれよ」

「いや、ロケット打ち上げのコントロールセンターだ」とフジムラ。

そっちのほうが近いかもしれない。

「そう、ここが空母せたたま小学校のアイランドよ」と冬元のぞみがいう。なんだか鈴《すず》をころがしたような、すてきな声だ。

「話の腰《こし》を折《お》ってばかりでわるいけど、アイランドってなに」

「日本語では艦橋《かんきょう》というの。空母の場合は甲板の上に島みたいにつきでているからアイランドというの」

いいながらのぞみはわたしたちに紅茶《こうちゃ》をいれてくれ、すみっこの冷蔵庫《れいぞうこ》らしきボックスからケーキをとりだして四人にふるまってくれた。わたしたちはさっそく紅茶とケーキにとびついた。

あとになって、わたしたちの間でこのことが問題になったが……つまり、なぜ、だいじなことをほったらかして、先に紅茶《こうちゃ》とケーキにとびついたのか、ってことなのだが、だれもおぼえていなかった。みんな夢中《むちゅう》になってケーキを食べた。そして、紅茶もケーキもじゅうぶんおいしかった。いや、びっくりするほどおいしかったのだ。だからだれも何もいわずに、しばらくはもくもくと食べていた。それから、我《われ》に返ったようにフジムラがいった。

「さて、話してもらおうじゃないか。冬元《ふゆもと》のぞみ、といったよね。きみは何者なんだ？　それにこの船。どう見ても航空母艦《こうくうぼかん》だけど、この船はせたたま小学校になる豪華客船《ごうかきゃくせん》のはずじゃなかったの？」

おお、フジムラはやはり大したものだ。きちんと話をする。わたしたちとは大ちがいだ。すると冬元のぞみは、ひとつうなずいてパチ、と指を鳴らす。すると、わたしたちの目の前に、立体スクリーンが浮《う》かびあがった。そこに映像《えいぞう》がうつった。

「これは……！」

「航空母艦だ！」

白黒の映像は昔のニュースフィルムのようだ。画面には何本もたてに細い線が入る。古い映像なのだ。そこに、一隻《せき》の軍艦《ぐんかん》がうつる。

空母《くうぼ》だ。波をけたてて海を走っている。甲板《かんぱん》から、飛行機《ひこうき》が飛《と》び立つ。わたしとマモルは同時にさけんだ。

「ゼロ戦《せん》だ！」

じつはわたしたちは、『モーニング・グローリー』という空戦《くうせん》ゲームにはまっている。それはめちゃくちゃリアルな最新《さいしん》の体感型《たいかんがた》ゲームで、じっさいにゼロ戦という、第二次世界大戦で活躍《かつやく》した日本海軍《かいぐん》の戦闘機《せんとうき》を操縦《そうじゅう》する感覚《かんかく》が味わえる。わたしもマモルも、その対戦型ゲームの腕前《うでまえ》は、じつはちょっとしたものなのだ。

「零式艦上戦闘機《ぜろしきかんじょうせんとうき》、二一型だね」とフジムラがいう。なんだ、フジムラも『モーニング・グローリー』をやってるのか、と思ったら、マモルがわらった。

「フジムラは、ゲームじゃなくて、ほんとの歴史《れきし》とか読んで知ってるんだよ。おれたちとはちょっとちがうぜ」

「きみたちがゲームだけでこれほどの知識《ちしき》を得《え》ているということのほうがおどろきだ

よ」とフジムラ。「ゲームおそるべし、だな」

「ああん、ゲームの話ばっか！　あたしをおいてけぼりにしないでえ！」

「いーじゃない。アユなんかわたしたちをいっぱい、いろんなとこでおいてけぼりにしてるくせに」

アユはゲームに興味《きょうみ》はなくて、もっぱらファッションとかアクセサリーとか、食べ物とか、小物とかそれらのショップとか、そういうことに興味があるのだ。ブランド名なんか、わたしにはちんぷんかんぷんのカタカナの名前をたくさん知っている。わたしがブランドの名前をまちがえると、いつも訂正《ていせい》させられる。いいじゃない、ヘルメスでもハーメスでも、チャネルでもチャンネルでも、ニラメッコでもムリメッコでも。ぜんぶちがってるそうだけど。

「もう、あなたたちも気づいてるようだけど、これが旧《きゅう》日本海軍《かいぐん》の航空母艦《こうくうぼかん》、祥龍《しょうりゅう》の、ありし日の姿《すがた》ね。この空母《くうぼ》祥龍の排水量《はいすいりょう》は」とのぞみがいうと、フジムラが即座《そくざ》にいった。

「二万二千トン」

「正解《せいかい》。搭載機数《とうさいきすう》は十五機。まあ、その後の空母からすれば中途半端《ちゅうとはんぱ》な大きさだけど、これでも建造《けんぞう》当時は最新鋭《さいしんえい》だった。空母祥龍は戦争《せんそう》でも沈《しず》められずに生き残《のこ》ったんだけど、戦後、米軍《べいぐん》の水爆実験《すいばくじっけん》によって南太平洋に沈んだの」

「そこまではネットで調べたよ」とフジムラ。「ききたいのはそのあとだ。これって、その祥龍っていう空母のレプリカなの？」

「いい線いってるね。でもちょっとだけ残念《ざんねん》でした、フジムラ」と冬元のぞみはいった。わたしたちはみんなでのけぞった。マモルにいたっては椅子《いす》からころげおちた。のぞみは首をかしげた。

「ん？　どうしたのかな？」

「どうしたもこうしたも、なんでぼくの名前を知っている！」

「あら。あなたの名前だけじゃないわよ。そっちがヒトミとアユ、それからマモルでしょ？」

わたしたちは口をあんぐりとあけた。フジムラが気をとりなおしていった。

「なるほど、ぼくらの会話から名前を推測《すいそく》したわけか」

「そ、そうなの？」

するとのぞみはいった。

「そうかもねー、野間《のま》ヒトミさん」

わたしはフジムラにぶるぶると首をふっていった。

「ちがうよフジムラ！　さっきからわたしの苗字《みょうじ》なんかだれも呼《よ》んでないよ！」

「三田《みた》フジムラ、ともいってないわよね」

「げっ！」とフジムラもじぶんのフルネームをいわれてあせっている。

「じゃあ、おれの名前いえるか？」

「小六《ころく》マモルでしょ」

「あ、あ、あたしは？」おいてけぼりをくわされたくない、とばかりにアユが自分を指さしていう。のぞみは平然《へいぜん》といった。

「溝口《みぞぐち》アユちゃん」ちゃんづけかい。

「な、なんで知ってるの？」

「わたしはなんでも知っている」と冬元《ふゆもと》のぞみはいった。「フジムラのいちばんの悩《なや》みだって、マモルのないしょの自慢《じまん》だって、アユが恋《こい》してる男の子の名前も、こないだのヒトミの算数のテストの点もね」

「う、うそでしょ……」

あまりのことにわたしたちは言葉を失《うしな》った。のぞみはにこりとわらった。

「うそだと思うなら、いってあげようか?」

「やめろ!」「やめて!」「キャー!」「そんなこと!」

わたしたちは必死《ひっし》でさけぶ。

「いわないわよ」あっさりとのぞみはいった。

「でも」と、すぐに冷静《れいせい》さをとりもどしてフジムラはいった。「どうしてきみはそんなことを知っているんだ?」

「おやおや」とのぞみはいった。「どうしたの、フジムラ。とうとう推理《すいり》することをやめてしまったの? 白旗《しろはた》?」

「むむう……」とフジムラはくやしそうにうなった。そしていった。「マモル。いまこのなぞを解《と》けるのは、おまえだけだ。なぜなら、この空母《くうぼ》と、艦長《かんちょう》はどうやら『艦隊《かんたい》バトル』に関係《かんけい》がありそうだからだ」

「ええっとさあ」とマモルは腕《うで》を組み、首をかたむける。

こんなマモルをはじめて見た。なんか考えているマモルなんて、めったにお目にかかったことがない。

「『艦隊《かんたい》バトル』というのは、ただの昔のなつメロ戦争《せんそう》ゲームじゃない、ってことがまずひとつあるんだ」

「そうなのか!」とフジムラ。

「うん。登場するのは昔の戦争のアイテムなんだけど、たたかう相手は、DEMON《デーモン》という、地上最強《さいきょう》で最悪《さいあく》の組織《そしき》なんだ」

「DEMONというのは悪魔《あくま》という意味でしょ」とアユ。そういえばアユはちょい英語《えいご》ができる。

「いや、DEMONは、ダーク・エンペラー、マザー・オブ・ナッスィングネスとかいうことばの略《りゃく》だよ」とマモル。英語もすらすらいった。

「どういう意味」

「いや、意味はちょっと」知らんのかいっ。

「暗黒の帝王《ていおう》、虚無《きょむ》の母、それぞれのイニシャルをつなげるとＤＥＭＯＮつまり悪魔になる、ってわけだ。すごいな」とフジムラがすかさず訳《やく》す。いや、すごいのはあんただよ。

「それでマモル、そのＤＥＭＯＮってなんなの？」

「世界の軍事《ぐんじ》組織をあやつる、かげの帝国《ていこく》でさ。ものすごい武器《ぶき》をいっぱい持っている。ミサイルとか原子力空母《くうぼ》とか、ステルス戦闘機《せんとうき》とか。ところが、この帝国には弱点があって、古い武器にはめっぽう弱いの。だから、ゲーマーはみんな、第二次大戦中の戦闘機なんかをあやつってたたかうのさ」

「おもしろそう！　なんでわたしにそれ教えないの！」

「だって、さっきヒトミ怒《おこ》っただろ。『艦隊バトル』がセクハラだって。まあたぶん、ヒトミにいったら怒ると思ってさ」

「それで、そのゲームに空母祥龍《くうぼしょうりゅう》が出てくるんだね？」

「そう。敵《てき》ＤＥＭＯＮの、最新鋭《さいしんえい》の空母をやっつけるとするよね。そしたら、ＤＥＭＯ

Nの呪文《じゅもん》がとけて、もとの古い軍艦《ぐんかん》にもどるんだ」

「もとの？」

「それがみんな古い軍艦なんだよ。第二次大戦中の潜水艦《せんすいかん》だったり、戦艦《せんかん》だったり。それがこんどはこちらの、つまり味方のアイテムになるんだ」

「わかった」とアユ。「その古い軍艦さんたちは、魔法《まほう》をかけられて、DEMON《デーモン》の部下にさせられていたのね」

「ま、そういうことかな」

「空母祥龍《くうぼしょうりゅう》はなぜ、そのゲームのカギをにぎっているの？」

「敵《てき》の、どれかわからない旗艦《きかん》、つまりリーダーの軍艦をやっつけたら、空母祥龍になるんだ。それがこちらの最強《さいきょう》アイテムとなって、ラスボスのDEMONをたおすことができるんだ」

「なるほど。で、祥子《しょうこ》ちゃんというのが、その祥龍のシンボルなんだね？」

「そうそう、敵をたおすと、古い軍艦にもどると同時に、その艦長《かんちょう》であるかわいこちゃんがあらわれるんだ。『ご主人さま〜』っていって」

メイドかいっ。それが男たちに人気がある理由か。

「まさか、マモル、そのメイドにアユなんて名前つけてないでしょうね」といったら、マモルは真っ赤になった。おいっ！

「『艦隊《かんたい》バトル』というゲームでの、空母祥龍のことについてはよくわかったよ。で？その祥龍と祥子ちゃんが、なぜ、このせたたま小学校にやってきたわけだ？」フジムラがいう。そう。それをきかせてほしい。

「あのね。そのバトルゲームは、じつは現実《げんじつ》のことなの」

祥子、いや、冬元《ふゆもと》のぞみがいったので、わたしたちは顔を見あわせた。なんだよ、このひと。頭おっかしいんじゃないの？

「ゲームがほんとのこと、というのはどういうことでしょうか」とフジムラがていねいな口調《くちょう》でたずねる。用心しているのがよくわかる。

「現実のDEMONがいて、わたしたちはそれとたたかわねばならない。そのために、あのバトルゲームは、わたしがつくったんです」

「あなたがつくった？　そういうあなたとはいったい誰《だれ》なんですか！」

「だからゲーム制作者《せいさくしゃ》、ってことじゃないの？」とアユ。まあ、そういうことになる……なるけど、それってどういうことよ！

「ここでいろいろ話しているひまがあまりないの。今日《きょう》は、あなたたちと顔合わせができてよかった。いま話したことをおぼえておいてほしい。いいこと、これから、この祥《しょう》龍《りゅう》は、変身《へんしん》します」

「変身？」

「そう。この空母《くうぼ》祥龍の姿《すがた》をいったん封印《ふういん》して、これからみんなが期待していた『豪華《ごうか》客船《きゃくせん》』になります。でも、あなたたちだけはおぼえていて。その豪華客船というのはじつは空母祥龍なんだということを。あなたたちの力をこれから借《か》りて、わたしたちは、DEMON《デーモン》とたたかわねばならないの」

いったん消えていた立体スクリーンが、ふたたびあらわれた。

映像《えいぞう》がうつっている。

わたしたちがマンションの屋上から見た「空母祥龍」の姿が、外部カメラからうつしだされていた。TV《テレビ》の実況中継《じっきょうちゅうけい》のようだ。そこには祥龍の姿だけでなく、旧堤防《きゅうていぼう》の上から見ているひとびとの顔もうつしだされている。あちこちにTV局《きょく》のカメラも設置《せっち》されている。上空ではヘリコプターが飛《と》んでいる。

あ、レポーターがうつってる。

「せたたま地区から中継です！　なんと、タマ川に航空母艦《こうくうぼかん》が出現《しゅつげん》しました！　それも、旧《きゅう》日本海軍《かいぐん》の空母にそっくりの航空母艦なのです。いま、せたたま地区はたいへんな騒《そう》動《どう》になっています」

画面が切りかわる。おじさんとかおばさんのインタビューだ。

「いやあ、豪華客船が来るということだったのに、びっくりしましたねえ」

「まさかね。小学校が航空母艦じゃ、教育上わるいでしょう。平和教育じゃなきゃならないのに」

「区長も何を考えてるんだか」

ふたたびレポーター。

「……と、町のひとたちも疑心暗鬼《ぎしんあんき》です。いったいどうして、こんなことになってしまったんでしょうか？」

「な、なんか、大ごとになってない？」

「ふつうそうなるよね。豪華客船《ごうかきゃくせん》のかわりに航空母艦《こうくうぼかん》がやってきたんだから」

すると、わたしたちがタラップをおりたら、わあっとTV《テレビ》カメラ、報道陣《ほうどうじん》がとりかこむのだろうか。まあ、わたしは全国中継《ちゅうけい》されたことがあるからそんなの平気だけどね。

「お祭りはここまでよ」と冬元《ふゆもと》のぞみが冷《つめ》たい声でいった。そして、手もとのコンピュータのキイをたたいた。

「変身《へんしん》、開始！」

「ああっ！」

画面の中の空母《くうぼ》祥龍《しょうりゅう》が、トランスフォーム型《がた》のおもちゃのように、ぐぐぐっ、と、船の両側《りょうがわ》から、まるで空母そのものを「裏返《うらがえ》し」にするかのように、広い飛行甲板《ひこうかんぱん》にせりだした。それから、もわもわもわーん、と、白い霧《きり》が船全体を包《つつ》んだ。その霧はアイランドのいちばん上のマストから、船にむかって吹《ふ》きつけられた。ほら、夏にデパートとかでやってるでしょ、ミストのカーテンとか。そのカーテンの内側《うちがわ》で、何かがうごめいている。

しばしの時間がすぎた。


霧が晴れてゆく。

見物のひとびとの顔がおどろきにかわる。どよめきが起きている。スクリーンの画面は、見物人の声をひろっている。

「そういうことだったのか！」

「なるほど、豪華客船だ！」

「すばらしい小学校ができたものだ！」

みんな、口々《くちぐち》に感嘆《かんたん》のさけびをあげている。


そう。

霧が晴れたとき、せたたまの桟橋《さんばし》に横づけになっていたのは、かつての日本海軍《かいぐん》の幸《こう》運《うん》な空母《くうぼ》、祥龍《しょうりゅう》ではなかった。

そこには、一隻《せき》の、真っ白い塗装《とそう》もまぶしい、すてきな客船が浮《う》かんでいたのだ。


「これが、あなたたちのせたたま小学校。わたしが用意したの」

冬元《ふゆもと》のぞみはいった。

「どういうこと……」

ぼうぜんとしているわたしたちに、のぞみはいった。

「なぜなら、DEMON《デーモン》がやってくるからよ」

「DEMONが現実《げんじつ》になる?」

「たぶん、一か月後に、また会うことになるでしょう」

そういって、のぞみは……。


ぱっ!

文字通り、「消えた」のだ。

「えええええっ！」

わたしたち四人は、いつのまにかクレーンのようなものに乗せられていた。そして船の後方の地面にそっとおろされた。そのとき、霧《きり》はすっかり晴れていたわけではなく、地上からすこし上にあった。だから、わたしたちが船からおりたことも、誰《だれ》にも知られることはなかった。


「なんだか、夢《ゆめ》の中にいたみたい」とアユがいう。

「いやいやいや、夢じゃないってば！」とわたし。

「どうして、そういいきれる?」とフジムラ。「もしかしたら、あれはぼくらが見た、集団幻覚《しゅうだんげんかく》というか、夢みたいなものだったかもしれないよ」

「うん、なんかそんな気もしてくるよな」とマモル。

「わけわかんないことばっかりだったしね」とアユ。

「ちがうもん！」とわたしは断固《だんこ》としていった。みんながわたしを見る。

「だって、わたし、フルーツタルトの味、おぼえてる！」

Chapter_2

ほんとうのこと

1 黒いエア・ボール

それから一か月たっても、まだ、わたしたちは新しい「豪華客船《ごうかきゃくせん》」のせたたま小学校には通っていない。

ふしぎなことに、あの日見た「空母祥龍《くうぼしょうりゅう》」という日本海軍《かいぐん》の航空母艦《こうくうぼかん》のことは、世の中では「なかったこと」になっていた。

おかしな話でしょ。

あの日、「空母祥龍」をその目で見たひとはたくさんいたはずだ。旧堤防《きゅうていぼう》の上には、花火大会のときくらいのひとがいたから千人以上《いじょう》のひとたちがいたわけだし、そもそもTV《テレビ》のニュースで、中継《ちゅうけい》までやっていた。

なのに、夕方のニュースで、せたたま小学校が空母だったなんて話はなかった。そう、ヘリコプターまで飛《と》んでいたのに、ニュースにはならなかったのだ。せめて「せたたま小学校が船になってやってきました」くらいのニュースになっていいはずだ。

なのにそれからの日々《ひび》、この「おかしなこと」がまかり通っていく。

まるでみんな、もうしあわせたように、あの日のこと、つまり、航空母艦がやってきたことについては話さなくなったのだ。

「ママも見たんじゃないの？」とわたしはママにたずねた。すると、

「わたしはいそがしかったから。ちょっとTV見てるひまがなかったの」とママはいう。パパも会社で仕事してたから、そんなことは知らない、という。

「でも、せたたま小学校が『来た』のよ！　それってすごく大きなニュースじゃないの？」

「そうよね。でもきっと、まだ受け入れの準備《じゅんび》ができてないのよ。だからじゃない？そのうち、うんざりするほどニュースになるわよ」

フジムラから電話があった。

「あのさ。もう、例《れい》のことは、だれにもいわないほうがいい。アユにも伝《つた》えてくれないかな。マモルにはぼくからいうから」

「いやいやいや、もちろんだれにもいわないよ。だっていってもだれも信《しん》じないでしょ。

でもどうしてそう思うの、フジムラ」

「いま、さあっとネットで検索《けんさく》したら、あの日の午後のせたたま地区に関《かん》する書き込《こ》みが、ほとんどぜんぶ、削除《さくじょ》されている」

「削除？」

「そう。かろうじて、ほんのすこしだけ、残《のこ》っているものがあったけど、どうやら空母《くうぼ》祥龍《しょうりゅう》に関《かん》しては、誰《だれ》かが必死《ひっし》にかくしている」

「だれが？」

「二通り考えられる。ひとつはＤＥＭＯＮ《デーモン》。そしてもうひとつは、もしかしたら冬元《ふゆもと》のぞみだ。ＤＥＭＯＮが、冬元のぞみのいう悪《あく》の組織《そしき》なら、じぶんたちの存在《そんざい》をかくしたいから、ＤＥＭＯＮにかかわることはなんでもかくしてしまいたいだろう。のぞみだとしたら、彼女《かのじょ》はＤＥＭＯＮに、空母祥龍の存在を知られたくないはずだからかくそうとするだろう」

「それって、敵《てき》も味方もかくそうとしてるってこと？　もうちょっとわかりやすくいってくれない？」

「『艦隊《かんたい》バトル』というゲームでは、DEMONの最終目標《さいしゅうもくひょう》は、巨大《きょだい》な悪の帝国《ていこく》の完成《かんせい》だ。その帝国は世界を支配《しはい》しようとしている。世界支配のために、どうして日本が関係《かんけい》あるのかよくわからないんだけど、DEMONの艦隊バトルの究極《きゅうきょく》の目標は日本らしいんだ」

「よりによってどうしてせたたまにやってきたの?」

「わからない。そこはぜんぜんわからない。でも、DEMONとたたかうために冬元のぞみは祥龍に乗ってやってきたんだと思う」

「ゲームじゃあるまいし」

「たしかに」

「ちょっといいかな。冬元のぞみがじつはDEMONだっていう可能性《かのうせい》はないの? 味方みたいな顔をして、ほんとは、なんて」

「ないわけじゃない」とフジムラはあっさりいった。「ないわけじゃないけど、『艦隊バトル』をつくったのが彼女だとすれば、そこには明確《めいかく》にDEMONとたたかおうという意志《いし》がある。DEMONが世界征服《せいふく》をたくらむなら、わざわざじぶんを公衆《こうしゅう》の面前にさらす必要《ひつよう》はないからね」

「わかんないわよ。世の中にはDEMON《デーモン》しかいないかもしれないでしょ」

「いや、それはないと思うね」

「どうして？」

「だって。悪《あく》があるから正義《せいぎ》があるわけでさ。世の中ぜんぶが悪だったら、世の中そのものがなりたたなくなるんだよ」

「フジムラ、ひとつわたしからアドバイスするよ」

「どうぞ」

「あんたは甘《あま》い」

「……そう？」

「世の中ぜんぶ悪だってこともあると思うよ」

「ヒトミも、ってこと？」

「こどもは別《べつ》」

「じゃあ、世の中ぜんぶじゃないね」

そういってフジムラは電話を切った。わたしはアユに電話して、フジムラがいったことを伝《つた》えた。アユはさんざんママにいったらしいが、まともにとりあってもらえなくてしょげていた。

フジムラから電話をもらうまでもなく、わたしたちはあの日に起きたことを、友だちにはだれにもいわなかった。それは、じぶんの身を守るための本能《ほんのう》みたいなものだ。こどもだってそれくらいのかしこさはある。

あれからフジムラとマモルとアユとわたしの四人は、わりといっしょに行動するようになった。高学年になってから、なんとなくおたがいに距離《きょり》をおいていたが、いまは自《し》然《ぜん》に集まる。まわりに注意しながら。

新しいせたたま小学校に通うようになるまで、しばらく時間がかかった。学校はあっても、内装《ないそう》といって、教室とか職員室《しょくいんしつ》とかいろいろととのえなければならないそうだ。

その間、わたしたちはあいかわらず、たぬき公園のプレハブ校舎《こうしゃ》に通っていた。たぬき公園は国分寺崖線《こくぶんじがいせん》というがけの上にあるので、せたたま地区からは、どの通学路を通っても、どこかで急な坂を登らなければならない。校舎《こうしゃ》は仮《かり》校舎だし、ろくに運動場もないし、ほんとにつらい。

でも、あの「超《ちょう》ド級台風」で傷《きず》ついた日本じゅうの学校はみんな似《に》たりよったりの状《じょう》況《きょう》だし、家が流されたひとたちはもっと大変《たいへん》だ。いままで災害《さいがい》のニュースがあっても、なんの関係《かんけい》もないと思っていたけど、すこしだけ、そういうとき被害《ひがい》にあったひとの大変さがわかる。

なさけないことだけど、わたしなんか、何不自由《なにふじゆう》なく、災害にもあわずにくらしているときは、被災者《ひさいしゃ》のことなんかろくに考えてなかった。いくら考えろといわれても、ひとごとだった。

仮校舎の学校へ行くのは大変だったがいいこともある。ひとつは、たぬき公園のそばの、ちゃがま図書館という新しいスポットの開発。ここは本がいっぱいあって……まあ図書館だからあたりまえなんだけど、ただの本じゃなくて、なんと、わたしたちの読みたい本がいっぱいあるんだよ。しかも、本だなと本だなの間によゆうがあるので、図書館のひとから死角《しかく》になる場所がたくさんある。つまりそこにすわれば、誰《だれ》かとひそひそ話ができるってわけ。これが、せたたまのぶんぶく図書館とくらべると、まるで自由な雰囲気《ふんいき》なんだよね。ぶんぶくでは、こわいひとがいて、物音をたてると目をつりあげて怒《おこ》るんだ。なんかおまえら図書館に来るんじゃねえ、的《てき》な。

アユは、そもそもわたしやマモルのようにゲームは好《す》きじゃなく、おしゃれ関係《かんけい》のブランドのほかは、もっぱらTV《テレビ》ドラマや映画《えいが》、人気のあるポップスやダンスが好きなひとなので、日ごろはあまり話があわないのだが、なぜかわたしたちに「おいてけぼり」されるのがいやみたいで、ときどき図書館につきあうようになった。

でもアユは本なんて大嫌《だいきら》いなのだ。パパはコピーライター、ママはファッション関係という、なんだかかっこいいご家族だが、おどろいたことに「本なんかうちには一冊《さつ》もないわよ」とのたまう。ほんとに、アユのおうちに行くと、そもそも家具だってあんまりない。すっきりといえば、すっきり。

「うふ。ひとつ大きな発見をしたよ」と、ある日の放課後《ほうかご》、ちゃがま図書館のすみっこで、アユはじまんそうに鼻をうごめかした。

「何よ」

「ひみつを持つ、ってことは、恋《こい》に似《に》ているのね！」

「何それ」

「だってえ、マモルやフジムラと目があうとさ、なんか通じてる、って気がしない？」

そりゃそうだ。あんなことがあったんだから、わたしたちはたしかに特別《とくべつ》な関係《かんけい》ではある。だけど、恋だなんて。「ばっかじゃないの」とわたしはそっけなくいった。

「あたし、最近《さいきん》おかしい、ってみんなからいわれるの」とアユ。「だってさ、ときどき考えこんだり、みんなとはなれてマモルと話したり、フジムラのところにわざとらしく勉強教えてもらうふりして話にいくじゃない。そしたら、なんかそういう目で見られるのよ」

それって、やじゃない、といおうとしたら、アユはすごくうれしそうな顔でいっている。わたしはあきれた。

「それで何話しているのよ、マモルとフジムラと」

「いやあ、特《とく》にこれってことはないのよ。だってまだ新しい小学校にうつってないしさ。ね、どうなってるんだろうね。ほらブリッジだっけアイランドだっけ、あそこの、冬元《ふゆもと》のぞみさんがいたところって、どうなってるのかな」

それはたしかに気になるところだ。

それで、わたしとアユのふたりは、学校帰りにタマ川の河川敷《かせんじき》におりて、新しい小学校になるはずの船を見にいった。

外側《そとがわ》からは何度も見たけれど、白い客船の姿《すがた》をしているせたたま小学校は、わたしたちが入学するための受け入れ工事が急ピッチでおこなわれている。船全体をかくすように鉄パイプの足場が組まれ、うす青いネットでかこまれている。

「ヒトミ、あれ」とアユ。「うさぎのダンスがない！」

タラップのことか。

「たしかに。かわりに、あれはエスカレーターみたいだね！」

わたしたちは工事のひとたちに近づいた。

「おお、お嬢《じょう》ちゃんたち、あぶないよ」とヘルメット姿の現場《げんば》のひとがわたしたちを目ざとく見つけて声をかける。「この学校の生徒《せいと》かな？」

「あの」とわたしはいった。「学校に入るのに、エスカレーター使うんですか?」

「そうだよ。いいだろ。きみたちはぜいたくだねえ」

「でもそれって、エコじゃないと思うけど」

「そうきたか。えらいな、最近《さいきん》の子は」とおじさんは笑顔《えがお》になる。「じつはあのエスカレーターは太陽光発電のエネルギーで動かすんだ。ほかにもこの船には風力発電や、水力、高低差《こうていさ》を利用《りよう》した発電とか、いろんな自然《しぜん》エネルギー発電がとりいれられている。だからエコそのものだ」

「いつごろ完成《かんせい》するんですか」とアユ。

「まあ、順調《じゅんちょう》にいけばあと半月ほど、かな。大体のところは完成してる」

「やったあ」とわたしとアユはさけんだ。するとおじさんはいった。

「おかしなことさえ、なければね」

「おかしなこと?」

「ああ、いや。ニュースで見なかったかな」

「あの……黒いエア・ボールのこと……ですか?」

アユがその名前を口にしたとたん、わたしたちは、おじさんもふくめて、どよーんと暗くなった。

台風、集中豪雨《しゅうちゅうごうう》、竜巻《たつまき》、天候異変《てんこういへん》などの異常気象《いじょうきしょう》にくわえ、日本列島はいつも地震《じしん》や津波の災害《さいがい》におびえている。

それにくわえて、かなりおかしなことが起きていた。ちょっと前に、太平洋の海上に、巨大《きょだい》な黒い空気のかたまりが発生したのだ。そう、まるで台風みたいに海の上でとつぜん。

それは地上のわるいものをすべて集めた邪悪《じゃあく》な空気のかたまりだった。

その空気のかたまりの中には、ありとあらゆるわるいもの、たとえば排気《はいき》ガスや、工場からの汚染物質《おせんぶっしつ》、ダイオキシンなどの毒物《どくぶつ》がふくまれていた。中心の汚染物質は放射《ほうしゃ》能《のう》だ。

これまでに人類《じんるい》が生み出した、工場廃棄物《はいきぶつ》や排水《はいすい》、排気ガス、汚染された化学物質、農薬、毒物、そしてきわめつけの放射能。

長年にわたって海洋にたれながされ、海底《かいてい》に汚泥《おでい》となって沈《しず》んでいた汚染物質《おせんぶっしつ》が、汚染物質だけが、なぜか、海上に浮《う》かびあがり、集まり、巨大《きょだい》な黒いボール状《じょう》のかたまりとなって、空中に浮かんだのだ。

一隻《せき》の日本の漁船《ぎょせん》が北太平洋上でその巨大な黒いボールと遭遇《そうぐう》し、ネット上に発信《はっしん》したのがはじまりだ。

その動画を見たものはみな、背筋《せすじ》が寒くなった。

海上の、黒い雲。

最初《さいしょ》は小さなかたまりだったその黒い雲に、漁船が近づく。しだいに雲のようすがわかる。

海から霧《きり》のようなものを吸《す》いあげ、大きくなっていくのだ。大きくなればなるほど、海から吸いあげる量《りょう》も多くなる。巨大なボールとなって海上五十メートルほどの低空《ていくう》に浮かんでいる。

この黒いボールを最初に発見した日本漁船、第五みずほ丸は、勇敢《ゆうかん》にもボールに近づき、黒い雲が海面から吸いあげている霧のようなものを採集《さいしゅう》して、日本に持ち帰った。

それによってこのかたまりが、どれだけ毒性《どくせい》の強いものかがわかったのだ。

もしも、海鳥がこのボールの中にたまたま入ってしまったら、それだけで瞬時《しゅんじ》に死んでしまうだろう。

上空からこのボールに雨がふりそそいだら、海はふたたび汚染されてしまい、その下にたまたまいた魚などは、もちろん死ぬし、生きていたらさらにやっかいなことになる。

これらの毒物を体内にとどめてしまうからだ。

それを人間が食べたらどうなるか。その被害《ひがい》はたいへんなものだ。でも、そこまでは、まだ汚染された魚を食べなければすむ話だ。

問題はボール本体だ。


そのかたまりは、「黒いエア・ボール」と呼《よ》ばれた。

かなり巨大であるにもかかわらず、このボールはレーダーでは探知《たんち》できなかった。人間の目によってしか、確認《かくにん》できないのだ。人工衛星《えいせい》の画像解析《がぞうかいせき》でも、このボールは確認できない。

最先端《さいせんたん》の科学技術《ぎじゅつ》が役に立たない。

「いまのところ、お手上げです」と政府《せいふ》のスポークスマンはいった。「あのかたまりが、日本にやってこないことをいのるのみです」

政府に設置《せっち》された「黒いエア・ボール対策委員会《たいさくいいんかい》」は、沿岸《えんがん》の漁船《ぎょせん》を数キロごとに配《はい》置《ち》し、ボールがやってくるのを肉眼《にくがん》で監視《かんし》することにした。何百隻《せき》の小型《こがた》漁船が交替《こうたい》で、それぞれの分担海域《ぶんたんかいいき》に出動し、太平洋を見はっている。

「八十年ぶりかなあ」と、もう百歳《さい》になるという土地の漁師《りょうし》はTV《テレビ》のインタビューに答えていった。

「といいますと、こんなことが以前《いぜん》にもあったのですか？」

「あったとも！」

「民間《みんかん》の漁船が、いっせいに沖《おき》に出たのですか？　何を監視《かんし》するために？」

「敵《てき》の空母《くうぼ》、ホーネットが、B《ビー》25という爆撃機《ばくげきき》を積《つ》んで日本を空襲《くうしゅう》しようとやってきたのじゃ。それを探《さが》すために、漁船がかりだされて、監視船となり、結局《けっきょく》五隻ほども沈《しず》められたんじゃ」

そんなことがあったとは。

で、その「黒いエア・ボール」はどうやら、日本、それもほかでもなく東京《とうきょう》をめざしている、というのがいまのところのニュース。なんと、気体であるのに、風とかにはあまり左右されずに、まっすぐに東京にむかってやってきているという。

もしもそれがきたら、わたしたちはしっかりと家の窓《まど》や戸をしめきって、外へは一歩も出てはいけない、のだそうだ。そして雨がふったりしたら、その雨にぬれてはいけない。なんせものすごい毒《どく》なので、ふれただけで、肌《はだ》なんかは焼《や》けただれてしまうという。

「東京大空襲に備《そな》えよう!」という記事が新聞にのっていたけど、備えるっていったって、相手が毒ガスなんだから備えようがない。

もし近づいてきたら学校どころではない。みんな家にひきこもって、じっとしていなきゃならないのだ。

でも、まだ先のことだし、どういうふうに進路を変《か》えるかもしれないということで、わりとみんな、のんびりしている。わたしなんかは、それがじれったいというか、こんなことでいいのか、という気持ちになってしまうのだ。

しかし、わたしの上をいくやつがいた。

「あの、なんとかボールのことだけどさ」と、帰り道でアユがいった。

「うん？」

「やっつけられないかな」

❷ 客船せたたま小学校

せたたま小学校、完成《かんせい》。


いよいよわたしたちはそこに通うことになった。

たぬき公園の仮校舎《かりこうしゃ》で通知と連絡《れんらく》の紙をもらった数日後、わたしたちはタマ川河川敷《かせんじき》の桟橋《さんばし》にむかう。船をおおっていた足場のパイプも、うす青いネットもすっかりとりはらわれた。

白い船がそこにある。

校門、つまり桟橋の入口には、きれいなアーチが花でかざりつけられていて、「祝《しゅく》・新《せたたま小学校》完成!」という文字がおどっていた。

アーチの前にはせたたま小学校のブラスバンド部が整列してマーチを演奏《えんそう》している。

おお、「錨《いかり》を上げて」ではないか。客船の小学校にふさわしい。

と、思ったけど、別《べつ》にそういう選曲《せんきょく》をしたわけではなさそうで、つぎはサッカーのF《フ》I《イ》F《フ》A《ァ》公式入場曲。はれがましいなあ。

で、白いアーチをくぐれば、そこには、白い塗装《とそう》もまばゆい、豪華《ごうか》な客船がでんとかまえていた。

エスカレーターに乗って、客船の中に入り、さらにいちばん上の甲板《かんぱん》に出る。広い!

もうみんな、整列《せいれつ》している。全校生徒《せいと》五百人。

甲板の前には校長先生や先生方、保護者《ほごしゃ》、区長さん、政府《せいふ》のえらい人とかがならんで見ている。

ボボー、と大きな汽笛《きてき》が鳴った。わあ、ほんとうに客船だ！　とみんな思った。そこでわたしたちは新しい校歌をうたう。

せたたま小学校校歌「恐竜《きょうりゅう》のうた」

ある日　恐竜は考えた
こんなに大きくなってもいいのかと
地球が　ひめいをあげている
ボクらの　重い体重に
そうだ　生活を変《か》えてみよう
考えを変えよう
鳥になるんだ
もっともっと自由になって

あの大空に　はばたくんだ
鳥になるんだ

らいひん席《せき》の、えらい人たちが顔を見あわせて、あきれている。ざんしんな校歌だ。かんじんの学校名が登場しない、こんな校歌ありなのか、とみんな思っているんだろう。そりゃ、わたしたちも最初《さいしょ》はそう思ったもんね。でも、歌ってふしぎだ。うたっているうちに、どんどん好《す》きになっていく。

そして、歌にこめられている意味もわかってくる。

「えー、まさしくいま、みなさんがうたった、本校の校歌のとおりであります」と、校長先生はいった。「地球は、いま、たいへんな危機《きき》をむかえております。きくところによれば、終末《しゅうまつ》時計といって、地球の最後《さいご》まであと何分何秒か、という時計があるそうですが、その時計が、いま太平洋に発生した、ぶきみな黒い雲のことで、またしても数分すすんだ、というニュースがありました。たしかにこの地球に残《のこ》されている時間はさほど多くないかもしれませんが、わたしたちはできるだけのことをしなければなりません」

校長先生のあいさつは、そんな調子で、みんなあんまり元気にはなれなかった。そこへいくと、区長のあいさつは元気があった。元気だけは。

「いいですか、みなさん！　この小学校は、豪華客船《ごうかきゃくせん》がそのまま学校になったという、世界ではじめての学校なんであります。いながらにして、みなさんは船のしくみを知ることもできるし、ちょっとくらいなら、航海《こうかい》もできるのであります。いやあ、その際《さい》は、わたしも乗せてもらいたいと思っております。何よりも、前の学校みたいに、洪水《こうずい》がきても流されない、というところがすばらしい。もしかしたら、この船に乗っているみなさんは、世界を救《すく》う、救世主《きゅうせいしゅ》になるかもしれませんぞ。そう、かの旧約聖書《きゅうやくせいしょ》で有名な、ノアの箱舟《はこぶね》のように、みなさんがこれからの地球を救うかもしれません！」

おやおや。となりにいるフジムラと目があう。

「大人《おとな》は勝手なことばかりいうよね」とフジムラは小さな声でいった。「大人がひきおこしたことには知らん顔で、ぼくらにだけがんばれ、っていうんだ。だれのせいで地球がほろびるんだよ」

「まったくだよね」とわたしもあいづちをうった。

「とはいってもさ」と、フジムラとならんで秀才《しゅうさい》のカワエがわたしたちの小声のやりとりにわりこんできた。「人間はあともどりはできない。ぼくらは科学文明を築《きず》いたんだから、そのうえで何ができるかを考えていかなきゃ」

「それはそうだけど、科学の進歩だからなんでもいいってわけじゃない」とフジムラはいった。「立ち止まることも必要《ひつよう》だし、人間がコントロールできないようなものをつくってもしかたがない。そういう科学や文明は、やがてはほろびるよ。歴史《れきし》が証明《しょうめい》してるじゃないか」

「わたしもそう思う」

するとカワエはまるで関係《かんけい》ないことをいった。

「フジムラ、忠告《ちゅうこく》しておくけどさ、できのわるい連中とつきあってると、きみまでレベルがさがっちゃうぞ」

「どんだけじぶんのレベルが上だと思っとるんじゃ！」とわたしはカワエをけとばした。

「暴力《ぼうりょく》はやめろ、縄文人《じょうもんじん》！」

「なんだと、タコ星人！」

「おいおい」と、フジムラとマモルがとめに入る。

まあ、そんなふうな、いつものいざこざがあったあとで、わたしたちは教室に入った。広い船室を改造《かいぞう》した教室の窓《まど》は丸く大きく、なかなかすてきだ。初日《しょにち》は、客船の中をあちこち見学した。

運動場がわりの、いちばん広い上の甲板《かんぱん》や、プールのある後部甲板、そして艦橋《かんきょう》という、船長がいて操縦《そうじゅう》するところを見て、みんなよろこんだし、興味《きょうみ》しんしんだったけど、わたしたち、つまりわたしとマモルとフジムラとアユは、浮《う》かない顔でそれらを見ていた。

「どうしたのよ、ヒトミ！」と、同じクラスのリサにふしぎがられる。

「いつもならいちばんにはしゃいでいるはずのあなたとアユが、何をそんなに神妙《しんみょう》な顔して見てるの？」

「ああ、そりゃ、まあね」とアユ。

「この船の裏側《うらがわ》に何があるかと思ってさ」とわたしはいった。フジムラとマモルがぎょっとしたようにわたしを見る。いわないわよ。ばかね。

「裏側？」とリサ。

「なんだって、ものごとには裏があるからね」

「そうか。たしかに」とリサは妙《みょう》になっとくした顔でうなずく。「この船って、そもそもどこの国の客船だったかもひみつなんだよね」

「そうなの？」

「うん。うちのパパがいってた。あやしい、って」

だよね。みんなそう思うよ、ふつう。

だって最初《さいしょ》にここに来たとき、この船は航空母艦《こうくうぼかん》だったんだよ！

わたしはそう、大きな声でさけびたかった。

……なのに、なにひとつ、「航空母艦」の痕跡《こんせき》はなかったのだ。

そのことは、前に工事を見にきたときにわかっていた。この客船は、空母祥龍《くうぼしょうりゅう》が「化《ば》けた」んだということを、わたしは知っている。でもそんなことを知っているのはわたしたちだけだ。

学校が客船だからすごく変《か》わっているかといえば、さほどでもなかった。いちばんちがうのは、陸《りく》にある教室とちがって、足もとがびみょうに、ぐらーり、ぐらーり、ふわーん、ふわーんと、たてや横にゆれることだった。やっぱり、船の上だからだ。

「あたし、酔《よ》っちゃうかも」とリサがいう。リサは遠足のときもかならずバス酔いするからねえ。そうか。「酔いました」といえば、授業《じゅぎょう》もぬけだせるな、とわたしはちらっと考えた。

下甲板《げかんぱん》の上の一階《かい》から三階まで、各階に六つずつ教室スペースがある。五百人の生徒《せいと》は、学年ごとに三クラスあって、ひとつの階に二学年が入っている。上が上級生かと思ったら三階が一、二年生だ。もちろん上の階のほうが見晴らしがいいから、わたしたち高学年はこの配分《はいぶん》に不満《ふまん》が多かった。でも、たとえ一階であっても、甲板の上にあるので、ながめはよい。だからみんなもんくをいわなくなった。高学年は遅刻《ちこく》が多いので、ほんとは一階に教室があるほうがいい。

一階のもっと下、船体部分に職員室《しょくいんしつ》とか、音楽室とか理科室、美術《びじゅつ》工作室、保健室《ほけんしつ》などがある。さらにその下には、個室《こしつ》のような小さな部屋がたくさんある。かつて客船だったときの客室だ。乗組員の部屋もそこだった。どこもかしこも、窓《まど》が丸いのが新鮮《しんせん》。

保健室を見学したあと、通路を歩く。階段《かいだん》の前に、赤いカラーコーンがおいてある。何かと思ったら、この先は、船の機関室《きかんしつ》、つまりエンジンルームや燃料《ねんりょう》タンクがあるので、立ち入り禁止区域《きんしくいき》なのだそうだ。黄色いテープもはられている。

「ほんとにこの船、航海《こうかい》なんかできるんですか?」とフジムラが先生にきいている。

「どうしてそんなことをきくんだね? フジムラ」

「だって、ふつう、機関室とか、かならずエンジンを動かす専門《せんもん》の機関士《きかんし》とかいるじゃないですか。でもうちは小学校だから、そういう乗組員がいないわけで、だから航海なんて無理《むり》じゃないのかと」

「大丈夫《だいじょうぶ》だよ。航海するときは、ちゃんと専門の乗組員がやってきて、この船を操縦《そうじゅう》する」

「あ、そうなんですか」

「わたしも質問《しつもん》があります」

「なんだね、野間《のま》」

「その、船が動くときは、船長さんが必要《ひつよう》ですよね。その人も外からやってくるんですか？」

「いや、うちは小学校だから、船長さんはやっぱり校長先生じゃないのかな」

「でも、校長先生は船のことなんかわからないでしょう？」

「そりゃまあ、そうだが」

「たとえば、航海《こうかい》なんかして、もしも遭難《そうなん》したら、だれが責任《せきにん》持つんですか」とフジムラ。こわいことをきくなあ。先生も困《こま》った顔だ。

「いや、それはやはり校長先生か……うん。いや。船のことは校長先生にはむりだよね」

「ヒトミ、おまえが船長になればいいんだよ」とマモルがいう。

「何をまた、あほなことを」

「だって、おまえ、『艦隊《かんたい》バトル』やってるじゃん」

マモルとわたしは『モーニング・グローリー』というゲームをやってる関係《かんけい》で、ゲームネームが同じだから、マモルにばれるのは時間の問題だった。じつは『モーニング・グローリー』という空中戦《くうちゅうせん》ゲームの世界では、わたしはちょっとした有名人なのである。わたしのゲームネームは、「サザンクロス・エンジェル」。そしてマモルも、わたしについで高成績《こうせいせき》をあげているゲーマーだった。こちらのゲームネームは「ニッポニア・ニッポン」。なんでも「朱鷺《とき》」という鳥の学名なんだそうだ。ゲームの雑誌《ざっし》がとりあげる「今月のランキング」の『モーニング・グローリー』部門で、「サザンクロス・エンジェル」と、「ニッポニア・ニッポン」は毎月ワンツーをかざっているのだ。

その、同じゲームネームを使って、わたしも『艦隊バトル』をやりはじめた。

最初《さいしょ》は、ゲーム上の地図で、日本近海にやってくる敵《てき》の潜水艦《せんすいかん》や弱い敵を見つけてはやっつけ、味方をふやしていたが、数日で、かなり強力な艦隊を育てることができた。

そうなると、もっと強い味方と組んで、艦隊を強くしたい。ということで、あっさりわたしを見つけたマモルと組んで、敵の艦隊とたたかっている毎日。

で、たちまちマモルとわたしのタッグ「せたたま艦隊」は、『艦隊バトル』の最強《さいきょう》チームのひとつにのしあがった。

このゲームをやっているひとは、わたしたち「せたたま艦隊《かんたい》」の正体が、ただの小学生コンビだということを知らない。

問題の、『艦隊バトル』の「エロさ」は、おそれていたほどのことはなかった。マモルにセクハラだといってわるかった。敵《てき》の軍艦《ぐんかん》をやっつけたときに、もわーんとあらわれる女の子は、「あなたの仲間に入れてもらっていいですか？」とぎょうぎよく、そしてすこしはじらいながら、姿《すがた》をあらわした軍艦に乗って味方の戦力《せんりょく》になるのだ。かわいい。その瞬間《しゅんかん》は、女の子のわたしでもちょっと萌《も》え〜。気分がいい。

さらに「わたしを救《すく》いだしてね！」と、ゲームのとちゅうにフラッシュのように画面にあらわれるのが、まぼろしの空母祥龍《くうぼしょうりゅう》のシンボル、祥子《しょうこ》ちゃん。その祥子ちゃんはたしかに、あの、空母せたたま小学校で出会った、冬元《ふゆもと》のぞみにそっくりだった。マモルがおどろいたのももっともだ。でもそれは何を意味しているのだろう？

「ヒトミ。『艦隊バトル』の調子はどうよ？」とある日アユがいきなりいった。

「な、なんで！　アユ、どうしてわたしが『艦隊バトル』やってるって知ってるの！」

アユにはいってなかったので、ちょっとあせった。

「ええ？　だってヒトミ、あたしにゲームくれたでしょ」

「えっ？」

わたしがおどろくと、アユのほうがびっくりしている。

「ちがうの？　あたしの机《つくえ》の中にゲーム入れたの」

「どういうこと？」

アユの話によれば、数日前、アユの机の中に『艦隊バトル』のゲームソフトが入っていたのだそうだ。それで、これはヒトミからのプレゼントにちがいないと、アユは早とちりをしたのだ。

「てっきり、いっしょにやろうってことだとばかり思ったんだけど」

まさか。ゲームおんちのアユを道づれにしようとは思わない。

「じゃあだれが？」

「マモル？」

「まさか」

ありえない。マモルがアユにゲームソフトをプレゼントするなんて。いや？　ありうるのか？　もしかしたらアユとマモルがおつきあいを？

「なんかふくざつな顔してない？　ヒトミ」

「いやいやいや。たとえそんなことがあったとしてもわたしはわたしは」

「どんなこと？」

そのときだった。

「おかしな話だな」とフジムラの声がした。「ぼくの机《つくえ》にもソフトが入っていたよ」

「となると、マモル？」

わたしたちがつめよると、マモルはぶんぶんと首をふった。

「ありえねーだろ。『艦隊《かんたい》バトル』のソフトは、買えば何千円だぜ。そんなお金がどこにある」

もっともだ。わたしたちは首をかしげた。するとアユがいった。

「冬元《ふゆもと》のぞみしかいないね」

「それで、アユはどうなの？　『艦隊バトル』、おもしろい？」

「いや、あたし、ゲームはやっぱり……」

やってないのか。

「フジムラは？」

「まあ、ぼちぼち、ね。まだ、いまひとつ、ゲーム全体の世界観《せかいかん》が把握《はあく》できなくて……」

いや、そんなむずかしい話ではないと思うのだが。


そういえば、冬元のぞみはどこにいるのだろう。

そして、空母祥龍《くうぼしょうりゅう》は、どこにかくれてしまったのだろう。

あれは、この「せたたま小学校」が豪華客船《ごうかきゃくせん》としてやってきたとき、ちょっとした手ちがいで、わたしたちが見てしまった「まぼろし」だったのだろうか？　そこまで考えて、わたしははっとした。

「わたしたちの手ちがい？　ちがうわよね。それは、わたしたちではない、だれかの手ちがいよ」

わたしは、うったえるようにフジムラを見た。

「どうしたの。ヒトミ」

だが、わたしはだまって首をふった。

フジムラ。もしかしたら、わたしは、いま、世界のなぞを解《と》く、扉《とびら》のすごく近くまで来ていたような気がする。でも、それをうまくきみに伝《つた》えることができない。

3 サッカーボールと転校生

「晴れた日はやっぱりこうでなくっちゃ！」

「だよな！」

ドアをあけ、わたしたちは教室をとびだした。

上部甲板《じょうぶかんぱん》でこれからサッカーの試合《しあい》なのだ。すでに、甲板のまわりにはネットがはりめぐらされている。新品のゴールポストもきらきらかがやいて、試合開始を待っている。

今週は、区の特別《とくべつ》スポーツウイークと名づけられて、せた小、たまがわ小、たぬき南小、羽根尾台《はねおだい》小、そしてせたたま小学校の五つの小学校が合同で各種《かくしゅ》スポーツの対抗試《たいこうじ》合《あい》をおこなうのだ。

後部甲板のプールでは、もう対抗戦《たいこうせん》がはじまっていて、にぎやかな応援《おうえん》の声がする。

わたしたちは水泳《すいえい》は明日《あした》、今日《きょう》はサッカー。

「ヒトミって、こういうときはほんとに元気だよね」とアユ。「あんたは太陽がよく似《に》合《あ》う。ちょっとうらやましい」

「なんで『ちょっと』なのよ」

「いや、特《とく》に意味はないけどさ。あたしみたいなおしゃれさんは、めんどくさいんだよね、スポーツ」

「じまんかいっ！」

とかいいながら、アユはほんとは運動神経《しんけい》はわるくない。保育園《ほいくえん》時代のことを思い出すと、アユが本気だせば誰《だれ》よりもすごいはずだが、なんかトラウマがあったらしく、もうスポーツはやらないといって、いつか不得意《ふとくい》になってしまった。運動神経は使わないと劣化《れっか》する。

わたしも、いちおうアユにあんなことをいわれてはいるが、ほんとはどんくさい。さらに妙《みょう》に運もわるい。ソフトボールやミニバスやバレーボールで、わたしのチームがわたしのせいで負けることは数しれず。それも、けっこう大事な「ここ！」という勝負どころで、たまたまわたしのミスで負けたりする。そういう間《ま》のわるいひとっているけど、それがわたしなんである。

「でも、ヒトミはミスしても落ちこまないよねー」とアユ。「わたしだったら舌《した》かんで死んじゃうよ」

「そんな。スポーツだよ？　どうして死ななきゃならないのさ」とわたし。

この前の運動会のリレーで、それまで一位《い》を走っていたうちのクラスのアンカーがわたしだったが、そのわたしがバトンを落としてしまい、結局最下位《けっきょくさいかい》。たしかにわたしのせいだ。ええ。まぎれもなく。戦犯《せんぱん》、ってやつ？　でも、どのみちこのみちどこかのチームが最下位になるわけでしょ。それがたまたまうちのクラスだったわけでさ。スポーツってそういうことの連続《れんぞく》なわけだから、しかたないじゃない。責任《せきにん》なんかとる必要《ひつよう》ないと思う。理由？　だってそれがスポーツだから。そう思わない？　あっそう。なら別《べつ》に賛成《さんせい》してくれなくたっていいよ。
今日《きょう》は、男子と女子の混合《こんごう》サッカーで、ゴールキーパー以外《いがい》は男子と女子それぞれ五人ずつでおこなう。男子はサッカー経験者《けいけんしゃ》なのでさまになるが、女子はサッカーをやっている子が少ないのであまり役に立たない。よその学校のチームも似《に》たようなメンバー構成《こうせい》で、点数的《てんすうてき》にはいい勝負になる。

ホームのわれらがせたたま小は、たまがわ小に勝った、せた小とぶつかる。ここに勝てば、つぎはたぬき南小に勝った羽根尾台《はねおだい》小との決勝だ。つまりふたつ勝てば優勝《ゆうしょう》である。

ピッチをかこんだクラスメートが応援《おうえん》する中、試合《しあい》がはじまる。アウェーのせた小の選手《せんしゅ》は、船の甲板《かんぱん》でスポーツをすること自体がめずらしいので、試合にあまり集中できない。みんな足もとがふらつくのを気にしたり、ボールのはやさがいつもとちがうのでおどろいている。たいらな甲板のむこうを見て走ったら、急におっこちそうになる錯覚《さっかく》にとらわれる子もいる。だが、ホームであるせたたま小チームはのびのびと試合できる。

勝たなきゃ。

キックオフ。ボールをうけとめたマモルがドリブルしながらゴールをめざす。せたたま地区は、もともとサッカーは強い。昔、J《ジェイ》リーグがはじまったころは、せたたま地区出身の選手《せんしゅ》が何人もいたし、ワールドカップには地元のツナミ選手が出場した。マモルのサッカーパンツにもツナミ選手のサインが入っている。マモルもツナミ選手のように、サイドからかけあがる。問題はサイドからセンタリングしても、そこに優秀《ゆうしゅう》なフォワードがいないことだ。

「マモル〜〜！　わたしにパス！　パス！」とさけびながらゴール前に走っていく。ぽーんとボールをけりだすマモル。

「ヒトミ！　行けっ！」

おお、これ以上《いじょう》はないボールだ！

そのままゴールネットをゆらすぞ！

オフサイドすれすれで待っていたわたしは「まかせて！」とさけび、ここぞとばかりボールをける……けろうとする……が、思いきりからぶりして、その場ですっころんだ。

「ごめーん、マモル！　こんどはちゃんとシュートするから！」

マモルはわらって「ドンマイ！」と返事。

だが笑顔《えがお》がひきつっている。わたしを追いこしざま、いった。

「からぶりするならパスを要求《ようきゅう》するな！　最高《さいこう》のパスだったのに」

「うえーん。怒《おこ》らないでよう！」

いつもわたしにはやさしいのに、こういうときはまじ真剣《しんけん》である。そのとき。

「選手交代！」という先生の声。「ヒトミ、あなたよ！」

「ええー。わたしですかあ～」

わたしはぶうたれて先生のところにむかう。

「きまってるでしょ。何やってるのよ、もう！」先生、熱《あつ》くなっている。

「でも、わたしのかわりはいないでしょ？」

「それが、いるのよね。この子が出るっていうから、このさい、まかせてみるわ」と先生はラインぎわで待っている女子を指さした。「すくなくとも、あなたよりは、かなりましみたいだし」

「ひど〜い！」

「行かせてください！」とせたたま小の水色のバンダナをはちまきのように巻《ま》き、同じくせたたま小のスクールカラー、水色のランニングシャツに短パンといういでたちのいさましい女の子がそこにいた。もうぴょんぴょんとんでウォーミングアップしている。

あれ？

「やる気まんまんじゃん。……でもだれ？　この子」

「すごいでしょ、積極的《せっきょくてき》なんで先生もびっくり。今日《きょう》、転校してきたばかりなのにね」

「はあ？　今日転校？　それですぐにスポーツ大会？」

この子……。なんか、どっかで見たことあるぞ……。誰《だれ》だっけ？

「じゃあねっ！」

わたしに有無《うむ》をいわせず、パチン、とハイタッチすると、その女の子はさっと風のようにピッチの中に走っていく。

「アウト、野間《のま》、イン、冬元《ふゆもと》！」と先生が審判員《しんぱんいん》につたえる。

冬元？

ピッチ上の選手《せんしゅ》がいっせいに新しい選手を見る。先生が大声でさけんだ。

「一組に今日から転校してきた冬元さん！　みんな彼女《かのじょ》にボールをパスして！」

「はあい」と選手のひとり、リサがいって、ぽーんと「冬元」にむかってボールをけった。うまいぐあいに誰にもじゃまされず、ボールは冬元の足もとに。そこへ、ボールをうばおうと、たちまちむらがってくる、せた小の選手たち。その間をぬって、冬元はドリブルしながら敵《てき》ゴールにむかって走る。あら、うまいじゃない。

「おーい、右サイド！」マモルがさけんでサイドに走る。すると冬元は、

「マモル、いくよ！」とさけんでボールをけった。

「よしっ！」とマモルはそのボールを胸《むね》でトラップし、相手のディフェンダーをかわしながらゴールをめざす。めざしながらマモルは首をかしげる。なんで首かしげてるんだ。すごくいいパスだったじゃないか。

相手ディフェンダーがつっこんでくる。足をとられてころぶマモル。

――ピーッ――

笛がなる。反則《はんそく》だ。

「やった！　PK《ピーケイ》！」

「ちがうよ。フリーキック」

そっか。ペナルティエリアではなかったか。マモルがフリーキックの態勢《たいせい》に入る。だがゴールまではけっこうある。すると、さっきの冬元《ふゆもと》が、ゴールの前で手をあげている。

（わたしにちょうだい！）とその口もとがいっている。

マモルは思いきりける。ゴール前にボールが飛《と》んでいく。

「ああー」と、わたしたちのため息。ゴールネットをゆらすには、ちょっと高いし、コースもそれている。ところがつぎの瞬間《しゅんかん》。

——ゴォォォォール!!——

審判《しんぱん》の先生がうれしそうにさけぶ。

「なんだ！　いまのは！」

「すげえ！」

マモルもぽかんと口をあけている。

なんと、ゴール前にいた冬元が、ぴょーんと思いきり高くジャンプし、ヘディングでゴールをきめたのだ。

その冬元が、マモルにむかって走る。ハイタッチ。

「ナイスアシスト！」

にっこりわらってかけぬけていく少女。

なによなによこの、絵になるシーン！


冬元とマモルの活躍《かつやく》で、せた小には圧倒的《あっとうてき》な差《さ》で勝った。そのまま決勝で、羽根尾台《はねおだい》小とたたかうことになる。わたしはもはや入れてもらえず、冬元がスタメンで出場。そして、あっというまに三ゴール、マモルの二ゴールとあわせて五対三で、わがせたたま小選抜《せんばつ》チームが、男女混合《こんごう》サッカーゲームの優勝《ゆうしょう》をかざった。

「すごいじゃない、冬元さん！」と先生もうれしそうだ。

冬元はみんなにかこまれた。

「どこの小学校から転校してきたの？」

「あ……静岡県《しずおか》」と冬元《ふゆもと》はいった。「清水市《しみず》のエスパルス小学校。サッカーで有名な」

「そうなんだ〜」「エスパルス小学校なんてあるんだ」「カタカナの名前の小学校なんだね」とみんなわいわいいっている。

「あれ?」とフジムラは首をかしげた。「清水市はかなり前に静岡市と合併《がっぺい》したよね。清水市という名前の市はもうないんじゃなかったっけ?」

「ちぇっ」と冬元は舌打《したう》ちした。びっくりだ。意外とヤンキーなのかもしれない。「古いデータ入れちゃったのか」なんていってる。

「はあ? データ?」

するとフジムラの耳もとで、冬元はすっと顔をよせて何かをささやいた。フジムラは口をぽかんとあけ、まじまじと少女を見つめた。

「ま、まさか!」

そのやりとりを横目で見ていたわたしとマモル、そしてアユもぽかんと口をあけて冬元を見た。すると冬元はわたしたちを手まねきした。

「なんで?」「知り合いなの?」

ほかのクラスメートたちからはなれて、わたしたち四人にむかい、冬元はちょっと首をすくめ、かわいく舌を出した。その、小学生にしては大人《おとな》っぽい、いたずらっぽい表《ひょう》情《じょう》！

「まさか……冬元って……あなた……」

「ひさしぶりだね、ヒトミ！　それからマモルも、アユも」

「ふ……冬元のぞみ！」

「しいっ」と冬元のぞみは指を口にあてた。

まぎれもなく、彼女《かのじょ》は以前《いぜん》、空母《くうぼ》祥龍《しょうりゅう》で出会った、冬元のぞみの、「小学生バージョン」だったのだ！

「冬元のぞみ、こないだはもうちょっと大人の……お姉《ねえ》さんだったでしょ」とアユ。「いまはふつうに、小学生の女の子じゃないの！　どうしたの、いったい！」

「こないだの冬元のぞみは立体CG《シージー》だったんだろ」とフジムラ。「あのとき、たしか、ぱっと消えちゃったし」

「うふふ」とのぞみはわらった。「さすがフジムラ。こないだのわたしは、視覚《しかく》の操作《そうさ》で……つまり目の錯覚《さっかく》を利用《りよう》して空中に立体画像《がぞう》みたいなものをつくるのね。でも、いま、ここにいるわたしは、みんなも見たとおり、サッカーしたでしょ。ちゃんと動いて、ボールにさわってるでしょ。生身の体だし。つまり生きてるってことかな？　どうよ、マモル」

「あ……かっこよかったです」とマモルはでれでれだ。

「それにしても……。どっからどう見たって、人間の女の子だよね。はだとか、髪《かみ》とか……でも、あなたはロボットなの？　冬元《ふゆもと》のぞみさん」

「ロボット、なんて気やすくいわないでよ。あなたの考えるロボットなんかとは、ものがちがうんだからね」

まるでじぶんはとてもすごい世界から来た、みたいないいかただ。

「じゃあなんなのよ！　結局《けっきょく》ロボットなんでしょ？」

「あなたのそのいいかたに、ロボットへの差別《さべつ》があるのよね、ヒトミ」

「わたしは差別なんてしないよ！　正体が知りたいだけじゃないか」とわたしは頭にきていった。するとフジムラもマモルもまあまあと割《わ》ってはいる。アユまで、「ヒトミはすぐにかっとなるもんで。すみませんねえ、冬元さん」なんていって、へこへこしてる。

「これからはのぞみって呼《よ》んでいいよ。いちおうせたたま小の生徒《せいと》だし」

「おれたちと知り合いってことになるのか？」

「こないだのこと、どうするの？　みんなにはかくすの？」

「そこらへんは、これから考えましょ」

そのときだった。いきなり、

――ウイイイン！　ウイイイン！　ウイイイン！――

甲板《かんぱん》に、切迫《せっぱく》した危険《きけん》を知らせる警報音《けいほうおん》が鳴りひびいた。

「あれ？」

みんな、顔を見あわせる。それから、甲板の上の先生たちを見る。先生たちも、不安《ふあん》げな顔だ。アナウンスがきこえる。

「みなさん！　いますぐ競技《きょうぎ》を中止してください！　先生の指示《しじ》にしたがって教室に入ってください！　各《かく》先生に伝《つた》えます。いますぐ生徒を誘導《ゆうどう》して船内の教室に入ってください！」

「なんだ？」

「何があったの？」

「地震警報《じしんけいほう》？」

口々《くちぐち》にいいながら、みんなデッキの前方に集まる。そこには教室へとつづく階段《かいだん》がある。後部甲板《こうぶかんぱん》では、みんな悲鳴をあげながら、プールからはいあがって、船の中に入ろうとしている。びちょびちょのままで教室に行くのだろう。アナウンスはなおも緊迫《きんぱく》した口調《くちょう》でさけぶ。

「あせらないで、先生の誘導《ゆうどう》にしたがって、教室に入ってください！」

「何があったの!?」と、先生のひとりが大声でさけんだ。

するとアナウンスがいった。

「太平洋上のブラック・エア・ボールが、異常《いじょう》な動きを見せて東京湾《とうきょうわん》に侵入《しんにゅう》しました。タマ川の河口《かこう》付近に急速接近《せっきん》しているそうです。さきほど連絡《れんらく》がありました。つまり本小学校に近づいているのです。たったいま、都内に汚染雲特別警戒警報《おせんうんとくべつけいかいけいほう》が発令《はつれい》されました。誰《だれ》も外に出てはいけないということです。でもまだまだ時間はありますから、みんなあせらないで、教室に入ってください！」

「黒いエア・ボール！」

わたしたちは青ざめた。

ここのところ、太平洋上をただよっている、汚染物質《おせんぶっしつ》の気体のかたまり、黒いエア・ボールのことは、TV《テレビ》ニュースでも、監視船《かんしせん》の情報《じょうほう》として毎日報告《ほうこく》されていた。ボールは日本にむかってまっすぐに西に進んでいる、ということはみんなが知っている。ニュースでは、もしもそれがやってきたら、家を出ないこと、そして、そのとき雨がふっていたら、ボールが去《さ》ったあとも、みだりに家を出てはいけない、といわれていた。

だが、黒いエア・ボールなんて、何千キロもむこうの太平洋のかなただ。そんなのが急にわたしたちの学校をおそうなんて、考えてもみなかった。

でもどうやら現実《げんじつ》らしい。

冬元《ふゆもと》のぞみをかこんでいたわたしたちも、さすがにこの事態《じたい》には動揺《どうよう》した。

「まずいよ、ここにいたら。はやく教室に入ろう！」

「うん」「そうだな」とみんなうなずく。すると、のぞみがいった。

「まさか、こんなにはやく来るなんて、予想外だったわ」

「のぞみ、黒いエア・ボールが来ること、予想してたの？」とわたし。

のぞみはうなずいた。そしておどろくべきことをいった。

「ヒトミ。アユ。マモル。そしてフジムラ。きみたちに頼《たの》みがある。みんなで、これから、あれをやっつけるんだ！」

な、なんだって!?

「来て！」とのぞみはいった。そしてわたしたちの先頭に立ち、みんなが避難《ひなん》している入口とは別《べつ》のほうへと走りだした。

「ちょっと！　あなたたち、そっちじゃないわよ！」と先生がさけんでいるのがきこえた。

Chapter_3
あらわれたDEMON《デーモン》

1 司令室《しれいしつ》

「こっちよ！」

のぞみは、甲板《かんぱん》のはじっこのハッチをあけて、鉄のはしごをつたって降《お》りる。わたしたち四人も、そのあとにつづいた。なぜ冬元《ふゆもと》のぞみにいわれるまま、あとにつづいたのか、といわれても困《こま》る。みんなそれぞれ理由があったと思うが、なんというか、のぞみには、いやといえない、ある雰囲気《ふんいき》があったのだ。

マモルなんかは、ただ「おもしろそう」だと思うが、わたしに関《かん》していうと、正直なところ、フルーツタルトが食べられるかもしれない、みたいなことだった。いや、この緊急事態《きんきゅうじたい》のときに何を考えてるんだといわれそうだけど、そうだったんだからしかたがないでしょ。

あとになって考えたのだが、のぞみはこういうときを予想して、わたしにフルーツタルトを食べさせたのかもしれない。

「のぞみ、どこにむかっているの？」

鉄ばしごをおりながらフジムラがたずねる。

「司令室《しれいしつ》よ。いったでしょ、わたしは空母《くうぼ》せたたま小学校の艦長《かんちょう》だって」とのぞみはいった。

あちこちで、避難《ひなん》している生徒《せいと》や先生の悲鳴《ひめい》や怒号《どごう》がきこえる。

でもいま、はしごをおりて走っているこの通路には、誰《だれ》もいない。こんな通路があるんだ。

「船の中っていうのは、人間の通る廊下《ろうか》とか、通気のための排気《はいき》パイプとか、いろんな通路が複雑《ふくざつ》にからみながら建造《けんぞう》されているの」とのぞみがいう。「ちょっと工夫すれば、通路をふたつ平行させるのはかんたんよ」

その通路を直進すると行き止まりになる。なんか見おぼえのある行き止まりだと思ったら、のぞみはわたしたちがそろうのを見計らって、壁《かべ》のボタンをおした。ドアが開く。

箱型《はこがた》の小部屋。

「みんな、入って！」

「ここは？」

「エレベーターだ！」

エレベーターは上へとあがる。息をころしてそのまま待っていると、やがて小さなショックとともにとまり、ドアが開いた。

「おっ！」「ここは！」

のぞみはいった。

「空母《くうぼ》せたたま小学校、そして同時に空母祥龍《しょうりゅう》の司令室《しれいしつ》……この前きみたちと会ったところよ」

だよね。この部屋、知ってる。

目の前のガラス窓《まど》からは、甲板《かんぱん》のようすが見える。こどもたちが右往左往《うおうさおう》している。先生たちはエレベーターのところで甲板の上の生徒《せいと》を避難《ひなん》させようとしていたが、教室につづく階段《かいだん》の入口はせまく、時間がかかっていた。

冬元《ふゆもと》のぞみはパソコンのような画面の前の椅子《いす》にすわり、いった。

「とりあえず、こどもたちをなんとかしなきゃね。甲板を閉鎖《へいさ》するわ」

キーボードに何かうちこんだ。すると……。

ウィイイイン！


「おおおっ！」「すごい！」

わたしたちは息をのんだ。

このまえと逆《ぎゃく》のことが起きている。つまり、空母が豪華客船《ごうかきゃくせん》に変《か》わるのではなく、豪華客船が、両側《りょうがわ》からせりだした灰色《はいいろ》の鉄板に包《つつ》みこまれていくのだ。そして、客船の上部甲板は、なんと、空母祥龍の飛行《ひこう》甲板に変わってしまった！

「メタモルフォーゼ」とのぞみ。

「空母祥龍になっちまった！」

「その名前では呼《よ》ばないで」とのぞみがいう。「ここにあるのは、空母祥龍ではないの。名前をつけるとするなら、空母せたたま小学校、よ！」

「さっきまでの、客船はどこに消えたの？」とアユ。

「空母《くうぼ》が包《つつ》みこんだ、みたいなことでいいかな、説明《せつめい》は。もうちょっといえば包みこんで、この空母の下にかくれたの。いままでは、空母が下にいたんだけど」とのぞみ。「これで生徒《せいと》たちはいちおう安全、と」

それからアユにむかっていった。

「アユ、六時の方向を目視《もくし》して！」

「はい？　……もくしして？　もしかして、あ、あたし何か指示《しじ》された？」

わたしたちはアユにうなずく。フジムラがいう。

「船のへさきを十二時とするだろ。そこから時計の六時にあたる方向を、じぶんの目で見てごらん、ということだよ」

「な、何語？」

「まあ、戦闘《せんとう》用語とでもいいますか」

「『艦隊《かんたい》バトル』やってないのね、アユ！　せっかくわたしたのに」とのぞみがいう。

「あたし怒《おこ》られてるのお？」とアユは不服《ふふく》そうだ。「やってないもん！」

「あとの三人は、席《せき》についいて！」

「ど、どこ？」

「マモル、そっちにすわって！　ヒトミはそのつぎ！　フジムラはわたしの横！」

のぞみはてきぱきと指示をする。はじかれたように、みんないわれた位置《いち》の椅子《いす》にすわる。それぞれの前には画面とキイ、ほかにもさまざまな計器《けいき》がならんでいる。

「ど、どうするんだ？」

「まず黒いエア・ボールの位置《いち》を調べる。画面を見て」

のぞみは手なれたしぐさでいくつかの計器のスイッチを押《お》していく。まもなく、わたしたちの目の前のパソコンの、グラフ用紙のようにきざまれた画面に上空から見たせたたま小学校、いや、空母らしき映像《えいぞう》がうつる。空母はタマ川の河川敷《かせんじき》に接岸《せつがん》している。

空母以外《いがい》は、何度も地図で見たことのあるせたたま地区の、おなじみの光景《こうけい》だ。

「エア・ボールは、計器では発見できないんじゃなかったっけ？」とフジムラ。

「ふつうはね。DEMON《デーモン》はデジタルの機器《きき》には、反応《はんのう》しない、というか、ステルス効《こう》果《か》があって、最先端《さいせんたん》の科学にはとらえられないの」

「DEMON？」

「じゃあ、黒いエア・ボールって……」

「DEMON《デーモン》の攻撃《こうげき》だってことですか？」

おどろいてさけぶわたしたちに、のぞみは冷《つめ》たい口調《くちょう》でいった。

「あんな、台風でも、竜巻《たつまき》でもない、黒い汚染《おせん》気体のボールが自然《しぜん》にできたとでも思ってるの？」

「自然のものじゃない？」

「当然《とうぜん》でしょ。それなら気圧《きあつ》だって変化《へんか》するし、だいいち、いったん沈《しず》んだ汚染物質《ぶっしつ》のかたまりが、なぜ空中に集まって、巨大《きょだい》な気団《きだん》をつくるのよ。そんなの、人為的《じんいてき》なものでしかないの。自然にあんなものが『集まれ、集まれ』っていって、できあがると思ったの、小学生！」

なんかばかにされてる。アユがほっぺをふくらませていった。

「そんな、ぽんぽん早口で、怒《おこ》ったみたいにいわないで、もっとやさしく、ていねいに教えてよ！　なんかむかつくんだから！」

「わるいけど」とのぞみはいった。「いまはお勉強の時間じゃないの。たたかう時間よ！

目視《もくし》開始！　お返事は！」

「アイアイ・サー！　もーくしかいし！　もーくやしいし！」とアユはおうむがえしにいった。このギャグ知ってるぞ。なんだよ、『艦隊《かんたい》バトル』ちゃんとやってるんじゃないか。

「そこに双眼鏡《そうがんきょう》があるから、それも使って、六時の方向を見て！」

「イエッサー！」とアユ。なんかさまになってきてる。

「このマウス使ってもいいですか？」とフジムラ。

「どうして？　キイは『艦隊バトル』の仕様《しよう》になってるはずよ」

「ぼくは、ふつうのパソコンのほうが使い勝手がいいんです」

「わかった。いいわ」

「あ……つまり」とわたしはいった。「これって、このパソコンって、『艦隊バトル』と同じ、ってことでいいんですね？」

「そう！　ほかに質問《しつもん》は？」

「でも、『艦隊バトル』の場合、敵《てき》はＤＥＭＯＮの艦隊だけど、いまは……」

「つまんない質問《しつもん》しないで！　黒いエア・ボールが敵《てき》に決まってるでしょ！」

ほんとに、何もそんなにぽんぽんいわなくても、とわたしもアユと同じことをいいそうになる。でものぞみの切迫《せっぱく》した声が、これから起きることがただごとではないことを物語っている。

どうやらわたしたちは、黒いエア・ボールと、たたかわねばならないらしい。

でも、それって……それって、小学生のわたしたちがやることなの？

「発見しましたあっ！」とアユがさけぶ。ふりかえると双眼鏡《そうがんきょう》をのぞきこんでいる。

「なんか、黒い大きなのと、小さな点々《てんてん》が見えます！」

「小さな点々？」

「こちらにむかってきてるみたい！」

「報告《ほうこく》つづけて。どれくらい先にあるかわかるかな？」

「わかりません……って、でも、あれは風崎《かざさき》タワーだから。そこのもうすこし奥《おく》。ということは、つまり海岸あたりなのかな！」

「了解《りょうかい》！　ほかのみんなは、画面を見ていて！」

「イエッサー！」とマモルが元気よく答える。わたしも画面を見る。スクロールして、タマ川の下流、海岸のほうを上空からなぞってみる。だが何も見えない。

「やはり衛星画像《えいせいがぞう》ではとらえられないのね。切りかえるから待ってて」

「じゃあ、先生たちはどうして知ったんだろう」とフジムラ。

「あ、そうか！」とのぞみはいった。「さっきの警戒警報《けいかいけいほう》は、監視委員会《かんしいいんかい》から学校に直接《ちょくせつ》きたのよね。だったら監視漁船《かんしぎょせん》からの画像を見ましょう！」

画面が切りかわった。海と、黒い雲が見える。


「えー、ただいま海岸線におります。黒い、でかいやつがひとつ。大きさは、そうね、大体ね、半径でいえばその長さは十階《かいだ》建てのビルくらいですかね」という、ぶっとい音声が入ってきた。漁船で監視している漁師《りょうし》さんの声らしい。ガガ、ザザ、という雑音《ざつおん》が入って、別《べつ》の声がきこえる。

「ということは、半径《はんけい》三十メートルほど、ってことですか？」

「いや、ここから見えるのがそんな感じなんですがね。ってことは、ほんとはその倍以《ばいい》上《じょう》あるってことじゃないかなあ」と漁師《りょうし》さんの声。「位置《いち》としてはいま、われわれの上空、だいたい五百メートルくらいのところにいるんですが、やっかいなことになってますよ」

「やっかいなこと?」

「あれが、宇宙船《うちゅうせん》の親玉だとしたら、子機《こき》みたいなのが、まわりをぶんぶん飛《と》びはじめたんですよ!　分裂《ぶんれつ》したみたいに」

「いくつくらいでしょうか?」

「五、六個《こ》ですね」

漁師さんはどこの誰《だれ》としゃべっているのだろうか。

「たぶん、政府《せいふ》とか、あのボールを監視《かんし》している本部のひとたちだろう」とフジムラがいう。二人のやりとりはつづいている。


「方向はどうでしょう?」

「それが……大きいのは、ぱたっと止まってしまいました」

「止まった?」

「ええ、さっきまではどんどん進んでいたんで……わたしたちも緊張《きんちょう》して、その先にちょうどせたたま小学校もあるものですから、あせって報告《ほうこく》しましたが、いま、なぜかストップしましたね」

「わかりました。ひきつづき監視のほう、よろしくお願《ねが》いします」

「あのですね、われわれは、海上からの監視しかできないので、これからあのボールが地上に……つまり上陸《じょうりく》したら、われわれはもうその時点で監視を継続《けいぞく》できないですよ」

「それは大丈夫《だいじょうぶ》です。そこからは、警察《けいさつ》と消防《しょうぼう》に協力《きょうりょく》してもらいます。自衛隊《じえいたい》にも出動を依頼《いらい》していますから……あと米軍《べいぐん》が独自《どくじ》に動いています」

「了解《りょうかい》です。それなら安心ですね」

「安心できるといいんですが……」


自信《じしん》なさげなそのようすでは、対策《たいさく》はほとんどないのだろう。じっさい、黒いエア・ボールが上陸したら、ただひたすら屋内に入り、窓《まど》や戸を閉《し》めてじっとしていろ、という以上《いじょう》の対策はきいたことがない。

「大きい雲は、たしかに止まってる」とアユがいう。「でも、まわりの小さいのが、こっちにむかってる。なんか、まずいような気がする」

「まわりの小さいのが出てくるとは想定外だなあ」と冬元《ふゆもと》のぞみがいう。「でも、本体をやっつければ、まわりのも必然的《ひつぜんてき》にやっつけられないだろうか？」

「それ、ひとりごと？」とマモルがいう。のぞみは苦笑《にがわら》いした。

「まあね。いま、わたしが計画していること以外《いがい》に、なんかいい考えはないかな、と思ったの」

「計画しているのはどういうことですか？」

「あの親玉のボールを、攻撃《こうげき》するのよ。でも、小さいほうが先みたいね」

「ええっ！」「そんなむちゃな」「やりたいっ！」「うそ」と、わたしたちは四人四様の反応《はんのう》をした。フジムラがいう。

「あれは、放射能《ほうしゃのう》をふくんだ、ものすごく毒性《どくせい》の強い大気汚染《たいきおせん》のかたまりですよ。それをどうやって攻撃しようというんです？」

「フジムラ。そしてきみたち」と、冬元のぞみはあらたまった声でいった。「くわしいことをいま、みんなに話す時間はないけど、わたしの計画はこうよ。あの気体に対して、ヨウ化銀《かぎん》などをふくんだ、汚染毒物《どくぶつ》を分解《ぶんかい》する特殊《とくしゅ》な砲弾《ほうだん》を撃《う》ちこむの。でも当然《とうぜん》ながら分解できないものがあってね、それは放射能とかなんだけど、だいたい二次から三次攻撃をしなければ、やっつけられないのね。分解して、吸収《きゅうしゅう》して、包《つつ》みこんで、廃棄《はいき》する、というような、いくつかの段階《だんかい》をふまなきゃならないの。それをいまからやります。あなたたちを呼《よ》んだのは、そのためなの」

「やっつけるんだ！」とアユがうれしそうにさけぶ。「すごい！　のぞみ、すごい！」

「ちょっと待ってください」とフジムラ。「ぼくらは、ただの小学生ですよ。いくらお手《て》伝《つだ》いがしたくても、ぼくらには何もできない」

フジムラのいうとおりだ。冬元のぞみにどんな力があるのかわからないし、何者かもわからないけど、あの汚染気体のボールをなんとかしようとしている、そしてもしかしたらその攻撃は有効《ゆうこう》かもしれないが、天才フジムラはともかく、わたしやマモル、そしてアユにいったい何ができるというのか。そもそもわたしなんかを選《えら》んでいる時点で、冬元のぞみ、だめじゃないのか。

「大人《おとな》にはできないことがあるの！」と冬元《ふゆもと》のぞみはいった。「つまり、あなたたちしかできないことが」

「いや、それにしても」とわたしはいった。「わたしなんか、とりえがないし」

「なぜ、空母《くうぼ》をここまで運んできたと思う？」と冬元のぞみはいった。

「はい？」

「なぜ、せたたま小学校のかわりに、客船といいながら、空母を運んできたかわかる？ それはね、ヒトミ、あなたの力を借《か》りたかったからよ！ マモル、フジムラ、そしてアユも！」

「うへえ！」とマモル。「なんか、うれしいけど、でも、おれたちに、どんな力がある？」

「友情《ゆうじょう》？」とアユ。みんなぷっとふきだした。アユはむくれた。「なによなによ、それがいちばん大事じゃないの！」

「いや、日ごろからそんなになかよくないし」とマモル。

「もうっ！」

「きみたちが、好《す》き勝手なことをいいあっていても、おたがいを大事にしていることはよく知っている。それがなければ、こんな大事なことは頼《たの》めない。だが、いちばん大きな要素《ようそ》は、きみたちの」

そこまでのぞみがいったときだった。

「きゃあっ！」とアユがさけんだ。もう、かんじんなときに。

「来たの！　あの、ちっこいのが、こっちにやってくる！」とアユはわなわなとふるえながら窓《まど》のむこうを指さした。

2 せたま小学校、発進！

あっというまだった。

その、「小さな黒いもの」がこっちにやってきたのは、わずか数分後だった。

わたしたちは、司令室《しれいしつ》の大きなガラス窓《まど》で、「それ」がやってくるのを見ていた。

「なんのために、こんな小さいのが」とフジムラ。「DEMON《デーモン》の攻撃《こうげき》なら、あの大きなのがそのまま来ればいいのに」

「DEMON《デーモン》の攻撃《こうげき》だから、なのよ」と冬元《ふゆもと》のぞみがいう。「『艦隊《かんたい》バトル』でもそうでしょ。主力空母《しゅりょくくうぼ》がいて、そこから戦闘機《せんとうき》が発進して敵《てき》におそいかかる。そういうスタイルなの。あの黒いエア・ボールが、自然《しぜん》に発生したものではないことがこれでもわかるわ」

「DEMONって、人間なの？」と、わたしはきいた。「そもそもDEMONとは何よ。悪魔《あくま》？　妖怪《ようかい》？」

「人間なら、こういうことはしないでしょ、ふつう」と冬元のぞみはいった。「つまり、わざわざ海の底《そこ》に眠《ねむ》っていた汚染物質《おせんぶっしつ》を、こんなふうにひろいあげて、ふたたび人間に投げかえすなんてことをやらないはずでしょ」

そりゃそうだ。ふつう、ならね。

「だったら、DEMONって何」とマモル。

「こうじゃないかという仮説《かせつ》は立てられるけど、いまのところなんの証拠《しょうこ》もない、といったところね。いずれにせよ人間の敵よ」

のぞみはきっぱりといった。

「それより画面に注目して、マモル！」

「『艦隊バトル』の要領《ようりょう》でやればいいの？」

「そのとおり！」

「じゃあ画面を実戦《じっせん》モードにしてもらえるかな。この上からの全体画像《がぞう》ではたたかいにくいんだ。それに衛星《えいせい》画像では敵はうつらないんでしょ？」

「わかったわ」と冬元《ふゆもと》のぞみはいって、自分のキーボードで入力した。

「おお」

わたしの画面も、マモルと同じものに切りかわる。

「左舷《さげん》の第《だい》一機関砲《きかんほう》からの目視《もくし》画像だ」とわたしはいった。

「おれのは同じく左舷の第二高角砲《こうかくほう》」

つまりわたしとマモルは、この司令室《しれいしつ》にいながらにして、空母の外側《そとがわ》にある武器《ぶき》、連《れん》装《そう》機関砲や三連装の高角砲を、画面で見ながら操作《そうさ》できるモードになった。

「発射《はっしゃ》はマウスの左クリックでいいの？」とわたしは確認《かくにん》する。のぞみはうなずいた。

すべて『艦隊バトル』のとおりだ。『艦隊バトル』では、ゲーマーが軍艦《ぐんかん》の武器をクリックすると、そこにいる兵士《へいし》の目線でたたかうのである。いや、そういう画面が出てくる、ということですけどね。

「で、この機関砲《きかんほう》の弾丸《だんがん》には、のぞみさんのいう、あの汚染《おせん》気体を分解《ぶんかい》する物質《ぶっしつ》がこめられているということでいいんだね?」とフジムラ。

「そういうこと。戦闘《せんとう》開始よ!」

冬元《ふゆもと》のぞみがそういうと、司令室《しれいしつ》の窓《まど》いっぱいにそいつが飛《と》んでくるのが見えた。

ぶーん

ひとつではない。

ふたつ、みっつ、よっつ……。


その小さな黒い雲は、ゆっくりとわたしたちの司令室を、のぞき見るように、目の前までやってきて、ぶつかりそうになる手前でぐうん、と上昇《じょうしょう》し、宙返《ちゅうがえ》りするような感じで遠くにはなれる。

それが一回だけではない。

何度めかの「接近《せっきん》」のときだ。

「え、ええっ!?」

わたしはぶったまげた。

黒いものが目の前をぐうん、とななめに上昇していく。

アユがさけぶ。

「いま、あんなに近くに来てたのに！　どうして撃《う》たないの！」

「だって右舷《うげん》なんだもの！」

「うげん？　なによそれは」

「マモルとわたしが担当《たんとう》している大砲《たいほう》は、左舷《さげん》に固定《こてい》されてるの！　いま、あいつらは反対側《はんたいがわ》の右舷を飛《と》んでるのよ、それくらいわかれ！」

うげんっ。なんて不自由《ふじゆう》な、うー、げんなりだ、とアユはつぶやいている。そんなことでは戦争《せんそう》に負けちゃうじゃないの、とかなんとか。

「しかたねえだろう！」とマモル。「この空母《くうぼ》は動かないんだもん、反対側に飛ばれたら指をくわえてるしかないんだ！」

「マモル」とわたしはいった。

「なんだよ」とマモルはふきげんに答える。

「いまの黒いの、見た？」

「見たけど？」

「ちゃんと見た？　どんなかたちしてた？」

「そんなの……わかんねえよ。黒い雲だろ？」

「ちがう」とわたしはいった。

「ちがうって、何が」

「あれ、ヘルキャット……だったよ」

みんながわたしを見る。

「ヘルキャットって。……グラマンF《エフ》6F？」とマモル。「ヒトミ、ほんとか？　おれにはただの黒い雲のかたまりにしか見えなかったぞ？」

「ううん」とわたしは首をふる。「たしかに黒い雲のかたまりだけど、かたちはまちがいなくヘルキャット。わたしの目に狂《くる》いはない。あのね、きちんと見えたわけじゃないの。一瞬《いっしゅん》よ、一瞬。なんか、操縦士《そうじゅうし》がちらっとわたしを見て、わらったのよ。目があったの。そのときに、機体《きたい》がいっしゅん、かたちになったの！　あとはぼやけてた」

「あの黒い雲は操縦士つきなのか！」とフジムラ。「そんなの、ぜんぜん見えなかったよ。さすがだな、ヒトミ」

「南十字星の天使だもんな」とマモル。空中戦《くうちゅうせん》ゲームの話だ。

「やめてよ、日本語に訳《やく》すとださいでしょ。ちゃんとサザンクロス・エンジェルって呼《よ》んでよ」

「話が見えない見えない、スイカはどこだ！」とアユがスイカ割《わ》りで目かくしされてるまねをする。

「ヒトミは、対戦型《たいせんがた》空中戦ゲーム『モーニング・グローリー』の、今年上半期の最優秀《さいゆうしゅう》エースなんだよ。エース、って撃墜王《げきついおう》のこと、な」とマモルがばらす。「もう、三期連《れん》続《ぞく》の受賞《じゅしょう》だってさ」

「そうなんだー」とアユが棒読《ぼうよ》み。「それってすごいんだー？」

「すごいも何も。『モーニング・グローリー』のゲーマーは世界中にいるんだよ。何十万人もやってる。『艦隊《かんたい》バトル』ほどじゃないけど、質《しつ》は高いよ」

「ありがとう、ヒトミ」と冬元《ふゆもと》のぞみが画面をのぞきこみながらいう。

「なんで感謝《かんしゃ》？」

「おかげであの小さな黒い雲のデータがとれた。グラマンF《エフ》6F『ヘルキャット』戦闘《せんとう》機《き》のデータと同じね。大きさとか、巡航《じゅんこう》スピードとか。このデータを対空砲《たいくうほう》にセットすれば、撃《う》ちおとせる」

「やった」

「でも、ほかの機体《きたい》はどうなのかな。やっぱり『ヘルキャット』？」

「それは、もうちょっと見ないと」

するとフジムラがいった。

「解読《かいどく》できる。いまの小さい黒い雲のデータと、グラマンのデータの比較《ひかく》がそのままほかの雲に使えるはずだから」

「すばらしい」とのぞみが満足《まんぞく》そうにいう。「フジムラ。やってみて」

「まさか、『モーニング・グローリー』がこんなところで役に立つとはな、ヒトミ」とマモルがいう。ほんとにそうだ。

ん？


わたしは、はっと気づいた。

「ねえ、もしかして、わたしとマモルは、それでここに……あなたに呼《よ》ばれたの？　あのDEMON《デーモン》をやっつけるために、『モーニング・グローリー』の上半期トップのわたしと第二位《い》のマモルが必要《ひつよう》だったから？」

冬元のぞみはわらった。

「あなたとマモル、そしてアユとフジムラは、あらゆるデータから、わたしが選《えら》んだの。そのゲームのことだけじゃなくてね」

「おれたちが優秀《ゆうしゅう》だってこと？」とマモル。

「いや、それはないよ」とアユがいった。「マモルとヒトミは特技《とくぎ》があったから、ここに来たんだ。フジムラだってスーパー小学生だもんね。でもあたしなんか」

「優劣《ゆうれつ》はない」とのぞみはいった。「つまらないことでコンプレックスを持つ必要《ひつよう》なんかないよ、アユ。あなたにはたぐいまれな才能《さいのう》がある。まあもっとも、こどもというのは、何によらず、すぐれた才能の宝庫《ほうこ》だけどね。フジムラは何をしている？」

フジムラは画面をじっと見て、キイをたたいている。

「パソコンで計算しているんでしょ」

「正解《せいかい》」とフジムラはいった。「わかったぞ。あの小さな黒い雲は、すべて同じかたちだ。ということは、ヒトミの見たとおり、すべてグラマンＦ《エフ》６Ｆ戦闘機《せんとうき》のかたちと能力《のうりょく》を持った編隊《へんたい》だ。機数《きすう》は……」

「六機！」とアユが得意《とくい》げにさけぶ。「なんか、この船の、それもこの司令室《しれいしつ》だけにおそいかかるみたいに、何度も何度もぐるぐるまわっているよ。ようすをうかがっているみたい」

「わたしたちの出方を見ているの」

そうなのだ。小さな黒い雲は、あるときはただ一機、あるときは二機と三機の編隊を組んで、ぐうん、と近づき、また上昇《じょうしょう》してはなれていく。

そういう行動をずっとつづけている。

いったい、何をしているんだろう。

「ああやって、きっと本体に、データを報告《ほうこく》しているんじゃないのかな」とのぞみはいう。

「まずいじゃないの」とアユがいう。「だって、こっちのことがばれちゃう……って。何がばれるの？　あそうか、敵《てき》ものぞみを探《さが》してるのかな？」

するとフジムラがいった。

「のぞみ、この船を動かす操縦桿《そうじゅうかん》というのはどこにあるんですか？」

船を動かす？　フジムラ、何を考えてる。

「船を動かしましょう、このままだとアユのいうようにまずいと思います」

「わかったわ」とのぞみはいった。

すると、アユの椅子《いす》の前の床《ゆか》から丸いハンドルのようなものがせりあがってきた。丸いハンドルは、ちょうどアユの背《せ》たけにあわせたように、胸《むね》のあたりの高さでとまり、車のハンドルのように床《ゆか》に垂直《すいちょく》になった。ハンドルとはちがって、丸い輪《わ》の外にいくつも突起《とっき》がついている。

「おお！」

「それが、この船の操縦桿《そうじゅうかん》よ。船の場合は操舵輪《そうだりん》というの」

「そうなのね、ダーリン。そう、ダーリン！」

「アユ、きみがそれを動かすんだ！」とアユのおやじギャグにはいっさい表情《ひょうじょう》をかえず、フジムラはいった。

「あ、あたしが？」

「そういうことでしょ、ちがいますか、のぞみ！」とフジムラが挑戦《ちょうせん》するようにいう。

「さすが」とのぞみはいった。「フジムラにはみんなの役割《やくわり》がわかったみたいね。溝口《みぞぐち》アユ、あなたの仕事はこの空母《くうぼ》を動かすこと」

「これを使って？」

「そう。まわす方向に船がむかうから、それを使って操船《そうせん》するの。いま、ヒトミとマモルが担当《たんとう》して稼働《かどう》できる高角砲《こうかくほう》は、左舷《さげん》にあるでしょ。だから、さっきからずっと右舷《うげん》で飛《と》びまわっている敵機《てっき》は撃《う》てないの。だから、船を動かして、それを撃ちおとせるようにしなければならない。もっとも、あの小さい雲じゃなくて、本体をやっつけなきゃならないんだけど、そのためにもこの空母を動かすしかないのよ」

「了解《りょうかい》です、艦長《かんちょう》」

その、アユの返事にはなんのためらいもない。わたしはおどろいた。

「できるの？　そんなことが、あなたに。ねえアユ！」

「アユやってみなきゃわかんないー」

そりゃそうだけどさ。

「艦長、どうやって動かすの？」

ほら、そんなことも知らないで。

「前面の窓《まど》から見える景色《けしき》で判断《はんだん》して、あなたの目と手で動かすの」

「目と手」手が操舵輪にかかる。それからアユはいった。

「じゃあ、行くわよ！」

おおっ！
足もとが、ふわーんとゆれる。
動いた！　動いているのだ。
「すごい！　アユ！　どうしたら動いたの！」
「だからー。目と手で！」とアユはいった。それから操舵輪《そうだりん》をぐるぐるまわす。
どうやらそこにスイッチもあるらしい。

ボボボ、ボー！

汽笛《きてき》が鳴りひびく。アユは高らかにいった。
「空母《くうぼ》せたたま小学校、発進！」

んごごごごごご……！

③ウエア・アー・ユー・フロム？

桟橋《さんばし》をはなれた空母《くうぼ》せたたま小学校は、真横に動いてタマ川のまん中にむかった。

「タグボートがないから、自力で行くしかないのよ。がんばって！」とのぞみ。

「このまま、前進したら前方のせたたま橋にぶつかるんですけど！」

「だったらどうすればいい？」とのぞみ。

「バック？」

「それから？」

「広いところでU《ユー》ターン？」

「わかってるね、アユ！」とのぞみがほめる。アユはもう、とくいとくいの表情《ひょうじょう》。大丈夫《だいじょうぶ》か。

空母せたたま小学校は、タマ川の中央《ちゅうおう》にゆっくりすすみ、そこから後進しはじめる。

黒い雲の戦闘機《せんとうき》は、とつぜん動きだした空母にぎょっとしたようにいったん距離《きょり》をとった。

「逃《に》げた？」

「いいや。いるよ。とまどってる」とマモル。「ヒトミ、まだ撃《う》つなよ」

「わかってる！」

こちらの手の内を、むこうはまだ知らない。へたに攻撃《こうげき》すれば、むこうが何をしてくるかわからない。最初《さいしょ》はがまんする、それは未知《みち》の敵《てき》とたたかうときの基本《きほん》だ。

「マモル」とわたしは呼《よ》んだ。「こわい」

「おれも」

マモルがそういったので、すこしだけ緊張《きんちょう》がほどけた。

「すみません、艦長《かんちょう》！」とフジムラがのぞみを呼ぶ。

「何？」

「空母《くうぼ》せたたま小学校は、生徒《せいと》をのっけたままです。しかも、せたたま小学校だけじゃなくて、スポーツ大会のとちゅうだったから、他校《たこう》の生徒もいます。ぼくらだけならいいけど、みんなをどうしますか？　いったん、岸につけて、避難《ひなん》させたほうがいいんじゃないかと思うんですが」

「そのことなら心配ない」とのぞみがいった。

「というと？」

「ごらん、いま、わたしたちが出発したばかりの桟橋《さんばし》を」

わたしたちはいっせいに、桟橋のほうを見た。

「あっ！」

「うそっ！」

なんと、桟橋には、豪華客船《ごうかきゃくせん》せたたま小学校が、でんと、動かずに停泊《ていはく》しているではないか！

「どういうこと？」

「空母だけがぬけでたの。つまり、あそこにあるのはエンジンとかがない、客船部分だけの、まあ、ぬけがらみたいなせたたま小学校ってわけ。もちろん教室もプールもそのままよ。かなり複雑《ふくざつ》な二重構造《こうぞう》になってるの」

「へえっ！」

「あの、セミが脱皮《だっぴ》するみたいに？」

「そういうことです」とのぞみ。「だから生徒《せいと》たちはあそこにいます」

「それなら、思うぞんぶん、たたかえるわ」とアユがいった。なんて、頼《たの》もしい、というか、アユ、そのせりふ、日ごろのあんたのどこから出てくるの！

「おもかじ、いっぱい！」とアユはさけぶ。そして操舵輪《そうだりん》をぐるぐると右にまわす。


ごごごごご……


空母《くうぼ》せたたま小学校は、タマ川のまん中でゆっくりとその巨体《きょたい》を反転させ、方向転換《てんかん》をみごとにおこなった。

「のぞみ、東京湾《とうきょうわん》にむかうよ！　……ってことでいい？」

「ラジャー！」とのぞみ。マモルがぷっとふきだした。こいつが何を考えたかわかるじぶんがいやだ。マモルに頭突《ずつ》きをしてやった。

「いや、そんなこと考えてないってば！」それが考えてる証拠《しょうこ》だろうが！

「そんなこといってる場合じゃないよ、ヒトミ！」

「まあ、そりゃそうだね」

「一機《き》で来る先頭のは、おれが撃《う》つ。つぎの編隊《へんたい》から、二人でやる」

「十時の方向！」

いったとおり、東京湾《とうきょうわん》にむかって南下するわたしたちの空母の左舷《さげん》から、一機、つぎに二機、つぎに三機の編隊《へんたい》を組んで、黒い小さな雲のかたまりがやってきた。

「撃ち方用意、ファイアアッ！」

マモルが第《だい》二高角砲《こうかくほう》つまり空母の艦橋《かんきょう》の近くにある連装《れんそう》の対空砲《たいくうほう》をぶっぱなした。

ド、ド、ドン！

ぶわっと白い煙《けむり》がたちこめる。

パアッと閃光《せんこう》がひらめいた。

「命中《めいちゅう》！」とマモルがさけぶ。「つぎがくるよ、ヒトミ！」
「了解《りょうかい》！」
こんどはわたしの番だ。マモルの高角砲《こうかくほう》をさけ、すこし艦首《かんしゅ》のほうにむきをかえた黒い雲のすこし先にねらいをつけて、ひきがねを引く。

ズドドドドッ！

こっちは機関砲《きかんほう》なので、毎秒何十発、という勢《いきお》いで弾丸《だんがん》が飛《と》びだす。さっきと同じように煙《けむり》がたちこめて何も見えなくなる。ただ、黒い雲に弾丸が吸《す》いこまれて命中したのはわかる。手ごたえ、というやつだ。その見当の場所に爆発《ばくはつ》の閃光《せんこう》が光った。すこしおくれてマモルもまた発射《はっしゃ》した。

「い、いまのはなんだ!?」という声がした。
さっき、東京湾《とうきょうわん》の監視漁船《かんしぎょせん》と話をしていた無線《むせん》からの声だ。何かやりとりをしている。

「そちらから見えましたか?」

「見えた! だがなんだ、あれは! 何が起きたんだ?」

「タマ川に、航空母艦《こうくうぼかん》が出現《しゅつげん》したんです!」

「なんだと?」

「その、ブラック・エア・ボールから派生《はせい》した、小型《こがた》のエア・ボールが、その空母《くうぼ》のまわりをかこんで、何やら、攻撃《こうげき》をしかけようとしたんです」

「それで?」

「すると空母が反転してですね、小型のエア・ボールにむかって、対空砲《たいくうほう》の射撃《しゃげき》を開始したんです! いやあ、みごとなものでした!」

「エア・ボールを?」

「ぜんぶで六つのエア・ボールが飛んでいたのですが、空母によって三つが空中で爆発し、残《のこ》りの三つは、逃《に》げるようにして、海のほうの母体、といいますか、大きいブラック・エア・ボールのほうへともどっていきました」

「爆発? 何を考えてるんだ、その航空母艦は! エア・ボールは汚染物質《おせんぶっしつ》なんだぞ!

そんなことをしたら、タマ川が汚染《おせん》まみれになってしまうじゃないか！」

「それがですね、空母《くうぼ》の対空砲《たいくうほう》が命中したときに、黒いエア・ボールは、空中で、白く光って、ええとですね、雲散霧消《うんさんむしょう》、といいますか、目視《もくし》なんではっきりとはいいかねるんですが、ふつうなら、ばらばらになった破片《はへん》とか残骸《ざんがい》が川に落ちると思うんですが、その形跡《けいせき》がないんですよ！　空中で消えたみたいに」

「どういうことだ？」

「化学反応《かがくはんのう》のようなことが起きたのではないかと推測《すいそく》されます」

「そうか……わかった。いずれにせよ、あとで汚染は調査《ちょうさ》するから。それにしても空母とは……」

「米軍《べいぐん》のものですか？」

「ほかに考えられないよ」

「しかし、空母の見かけはえらく旧式《きゅうしき》なんですけどね。対空砲の攻撃《こうげき》は、空母の操船《そうせん》もふくめ、じつに訓練《くんれん》されていたように思います。プロ、といいますか、太平洋戦争の実写映画《えいが》でも見ているようでしたよ」

「そんな船が、タマ川を遡上《そじょう》したという報告《ほうこく》はないんだが……待てよ」

「どうしました？」

「すこし前に、ほら、せたたま小学校の代替建造物《だいたいけんぞうぶつ》ということで、中型《ちゅうがた》客船をタマ川に通したことがあっただろ？」

「あ、はいはい。洪水《こうずい》で流された学校のかわりに、ノアの箱舟《はこぶね》みたいなのを持ってきて学校に運用するという話でしたね」

「そのときに、妙《みょう》なうわさが流れたよな、客船のかわりに航空母艦《こうくうぼかん》が来た、って」

「そうでしたっけ？　ニュースとかになりました？」

「いや。ニュースはない。うわさだよ、うわさ」

「どさくさにまぎれて、潜水空母《せんすいくうぼ》でもタマ川にかくしたんですかね、米軍は」

「ありうるな。報道管制《ほうどうかんせい》が敷《し》かれてたからな。きっと今回も秘密保護法《ひみつほごほう》の適用事項《てきようじこう》だぞ。まあそれはいいから、状況《じょうきょう》を逐次報告《ちくじほうこく》してくれ。いま、空母はどこにむかっているんだ？」

「河口《かこう》です。……つまり、東京湾《とうきょうわん》」

「いま、空母《くうぼ》はどこにむかっているんだ?」とアユが口まねをして、わたしたちは大笑《おおわら》いになった。なんか、得意《とくい》になってしまった。いま、わたしたちはなんか、けっこうすごいことをやってしまったような気がする。

「でも、行く先はわたしもききたいんだけど、艦長《かんちょう》」

のぞみはいった。

「きみたちは、どうする?」

「そりゃあ、このまま東京湾《とうきょうわん》に出て、エア・ボールの本体をやっつけるしかないよね」とマモル。「プロだっていわれてるし」

「まあいちおう、本艦《ほんかん》はいまのところ東京湾にむかってますけどね」とアユ。「だって、U《ユー》ターンするなら、窮屈《きゅうくつ》じゃないところがいい。あれ、さっき反転できたのって、奇跡《きせき》的《てき》だよ。だって止まったままでまわるんだもの」

「でも、東京湾には、親玉がいるんでしょ、黒い雲の」とわたしがいうと、アユはこともなげにいう。

「望《のぞ》むところよ!」

「ちょっと待ったあ！」とフジムラ。

「何よフジムラ。あたしの気分に水かける気？」

「大変《たいへん》もうしわけないんだけど」とフジムラはいった。「ちょっときいてくれないか。あのね。ぼくは最初《さいしょ》、この空母の対空砲《たいくうほう》が、あの汚染《おせん》まみれの黒い雲に有効《ゆうこう》だなんて信《しん》じてなかった。半信半疑《はんしんはんぎ》、というところかな。でも、それがさっき、できた。これはすごいことだ。だって。現代《げんだい》の科学には、ここまでの汚染物質《ぶっしつ》のかたまりを瞬時《しゅんじ》に解体《かいたい》とか分解《ぶんかい》する能力《のうりょく》はないはずだから」

「ないの？」

わたしたちは逆《ぎゃく》にびっくりしてたずねた。

「ブラック・エア・ボールが出現《しゅつげん》したときにニュースでやってた。打つ手はないんだ、と。あればとっくにやっているよ。原発事故《じこ》の除染《じょせん》だって思うようにいかない、原発の廃炉《はいろ》だって、廃棄物《はいきぶつ》の処理《しょり》もふくめてまともにできていないのが現状《げんじょう》だ。……あのね。人類《じんるい》の科学力はすごいものがある。だから、本気でそこに取り組めば解決《かいけつ》できることは多い。でも、いまの世界では、能力《のうりょく》も力もある大人《おとな》は、そういう、ふつうの人間にとって大切なことにはあまり頭も金も使わないんだよ」

「ちょっと待ってよ。放射能《ほうしゃのう》とか汚染物質《おせんぶっしつ》の分解《ぶんかい》、解体《かいたい》とか、いまの科学でできちゃうの？　ほんと？　それって不可能《ふかのう》じゃないの？」

「たぶんできると思う。科学が生み出したんだから、科学が責任《せきにん》をとらなきゃいけないし。まして事故《じこ》を起こしたのなら、それを最優先《さいゆうせん》にしてやらなきゃならないはずだろ？」

「そりゃそうよね。自分たちがひきおこしたようなものなんだもの」

「ところが、できてない。責任のある連中はそれが最優先だということを考えていないんだ」

「考えてないの!?」

「フジムラ」とのぞみがやさしい声を出した。「いま、それを語るべきときではないだろう。いずれにせよ、わたしたちはあの汚染雲《おせんうん》の攻撃《こうげき》をやっつけた。まだ本体が残《のこ》っているけどね。それでフジムラは何がいいたいの？」

「そうでした」とフジムラは我《われ》にかえったようにいった。「あのですね。さっきの攻撃は、やつらの小さな雲の、六つのうちの三つをつぶしただけです。そして、わが空母《くうぼ》せたたま小学校は、いまのところ、左舷《さげん》のふたつの対空砲《たいくうほう》しか機能《きのう》していません。もしも、このまま本体を攻撃に行って、むこうがもっとたくさんの子機《こき》を飛《と》ばしてきたら、たったふたつの対空砲では太刀打《たちう》ちできないと思うんです。どう考えますか？」

「そのとおりよね」のぞみはいった。

「あたしが思うには、大砲《たいほう》を敵《てき》の本体にぶちこんだらいいんじゃないか、と」

「さっきの対空戦《たいくうせん》は、あの黒い雲の大きさだから有効《ゆうこう》だったんだと思うよ」とフジムラ。

「じゃあ、どうすれば？　ドラえもん！」と、アユがのぞみにいった。

「ど、ドラえもん？」

「だってそうでしょ！　のぞみは、未来《みらい》から来たんじゃないの？　あたしたちを助けるために！」

なるほど、そう考えればすべてはうまくおさまるな、とわたしは思った。アユはのぞみにむかい、英語《えいご》でいった。

「ウエア・アー・ユー・フロム？」

わたしたちは期待をこめてのぞみを見る。

「残念《ざんねん》ながら未来《みらい》から来たわけではありません。そんなことができたら、もっと前に、あの黒い雲の発生する前にやっつけちゃってるわよ」

「それもそうだ」がっくりと肩《かた》をおとすわたしたち。

「あいにく、いまのところ、この地球では生きてるかぎり、時間という枠《わく》からは逃《のが》れられないの。この空母《くうぼ》せたたま小学校も、そしてわたしも、まぎれもなくいまのこの世界の住人です。もちろん、最先端《さいせんたん》の科学技術《ぎじゅつ》と知識《ちしき》を駆使《くし》してはいるけどね。でも、どんなに最先端であっても、最後《さいご》は人間がやらなきゃならない。フジムラがいったとおり。この船の能力《のうりょく》にもかぎりがある。さっきから無線《むせん》でやりとりしている監視委員会《かんしいいんかい》によれば、本体の黒い雲は、あのグラマン一機《き》に換算《かんさん》すれば数千機にあたる大きさなのね。それがわたしたちにおそいかかったら、ひとたまりもないわ」

「じゃ、どうするの？　指くわえてすごすごとひっこむの？　んでもって、また豪華客《ごうかきゃく》船《せん》せたたま小学校の下にかくれるの？」

「アユ。いいかたにとげがあるよ。もっとなんかほかのいいかたないの？」

「だってえ！　くやしいじゃない！　せっかく、これであの黒い雲、やっつけられると思ったのに、あんなのがいたら、外で思い切り遊べないじゃない！」

「そのとおりだ。それだけじゃない。雨が降《ふ》ったら、あの雲の下はすべて汚染《おせん》されてしまう。外に出て遊ぶどころか、人っ子ひとり、住むことさえできなくなる」とフジムラ。

「ヒトミ、それが東京にむかってるんだよ！　せたたま小学校だけの問題じゃないんだから」

「だからって、どうしようというのよ」

「できるところまで、やろうよ！」

「なるほどね」わたしはのぞみにいった。「ねえ、対空砲《たいくうほう》、撃《う》つだけ撃ってみよう。そしたら、あの黒い雲、せめて半分くらいにはなるかもしれないでしょ？　だったら、やってみる手はある。というより、やってみるしかない！」

「待ってね。わたしは、その効果《こうか》と、危険《きけん》とのバランスを考えている」とのぞみはいった。「すくなくとも、ここまでで、わたしはかなり大きなものを得《え》た。はっきりいえば、きみたち、というカードだ。とりあえずそのカードが使えるとわかったら、いま、あえてその上の危険をおかすか、ということだ」

「ぼくらという?」「カード?」

「そう。きみたちはわたしの予測《よそく》を上まわる仕事をしてくれた。フジムラのデータ解析《かいせき》と総合的判断力《そうごうてきはんだんりょく》。マモルとヒトミの実戦適応能力《じっせんてきおうのうりょく》。そしてアユの操船能力《そうせんのうりょく》と、ポジティヴな勇気《ゆうき》」

「あたしの、なんですって?」

「口をはさむな。アユ」

「大きな船を動かすのは、ある意味特殊《とくしゅ》な作業なんだ。おどろくなかれ、さっきの戦闘《せんとう》時《じ》に、アユは、対空砲《たいくうほう》がやつらの侵入《しんにゅう》角度と垂直《すいちょく》になるように船を動かしていた。そんなことが、はじめて操舵輪《そうだりん》を手にした小学生にできるなんて、奇跡《きせき》といっていい」

「あ、あたし、すごいの? ねえ!」

「そうそう」とわたしはアユの頭をなでてやった。「おばかなりに」

「なんだとお~」

Chapter_4

決戦《けっせん》・東京湾《とうきょうわん》

1 「パンドラ」の話

「それにしても、いったいどういう理論《りろん》で、あの汚染物質《おせんぶっしつ》を分解《ぶんかい》、解体《かいたい》なんてことができるんだろう」とフジムラは頭をふっている。「もしかしてのぞみ、この船とあなたには、スーパーコンピュータがついているんですか？」

のぞみは返事をしなかった。わたしはいった。

「つごうがわるくなると返事をしないんだよ、のぞみは」

「ということは、フジムラ、正解《せいかい》だぜ」

「正しいとかまちがっているという問題じゃなくて」とフジムラ。「スーパーコンピュータの次世代型《じせだいがた》のことで、すごい問題になっていることがある」

「そこまで知っているのか、小学生」とのぞみはため息をついていった。

「どういう問題？」

「巨大《きょだい》コンピュータが人間に反抗《はんこう》する話」

「その話、あとにしよう、諸君《しょくん》。それより、これからの話をしよう」

「だから、その話のためには、のぞみ、あなたの正体を知ることが必要《ひつよう》だとぼくは思う」

フジムラはくいさがった。たしかにそれはそうだ。わたしたちは、やみくもに人類《じんるい》の危《き》機《き》を救《すく》いたいわけではない。あの黒い雲はやっつけたいけど、のぞみが何者かを知らずにたたかうのはいやだ。

「このいそがしいときに」とのぞみはうんざりした顔でいう。「じゃあ、画像《がぞう》を見せよう。それなら話がはやい」

立体スクリーンがあらわれた。そこに、文字がおどった。

「パンドラの話」というタイトルだ。

「なによ、パンドラって」

「ギリシャ神話《しんわ》かな」とフジムラ。「ゼウスが、天から火をぬすんで、わるがしこくなった人間をなんとかするために、女性《じょせい》をつくって地上におろした。それがパンドラ。パンドラは、ぜったい開けてはいけないという箱をゼウスにもらっていたんだけど、結局《けっきょく》開けてしまう。そしたら、箱の中に入っていたあらゆるわるいものが出ていった。そして最後《さいご》に『希望《きぼう》』だけが残《のこ》されていた、っていう話だ。パンドラの箱」

だが、スクリーンには、それとは別《べつ》の物語がはじまっていた。

二十世紀《せいき》後半から、世界の大国はスーパーコンピュータの開発に躍起《やっき》になった。二十一世紀になり、スーパーコンピュータは、日本の「京《けい》」や、アメリカの「セコイア」、中国の「天河《てんが》」などが、能力《のうりょく》を競《きそ》う。だが、それらの、いわば公的《こうてき》な大型《おおがた》コンピュータとはことなり、まったく秘密裏《ひみつり》に、群《ぐん》をぬいて巨大《きょだい》な、軍事用《ぐんじよう》スーパーコンピュータが、アメリカによって設計《せっけい》され、建造《けんぞう》されていた。それはすでにスーパーコンピュータをはるかに超《こ》える規模《きぼ》と能力を持った、ネオ・スーパーコンピュータとでもいうべき存在《そんざい》だった。

極秘《ごくひ》とされたのは、もちろん、この「超《ちょう》」のつくスーパーコンピュータが、軍事専門《ぐんじせんもん》、つまり戦争《せんそう》のために存在したことによる。

そのコンピュータは、世界の「武装集団《ぶそうしゅうだん》」「軍隊《ぐんたい》」「テロリスト」「潜在的《せんざいてき》な予備軍《よびぐん》」といった、アメリカの「敵《てき》」となりうる可能性《かのうせい》を持ったグループの調査《ちょうさ》と分析《ぶんせき》をおこない、それとたたかうためのノウハウ、必要《ひつよう》な武器《ぶき》、さらに戦術《せんじゅつ》までをも瞬時《しゅんじ》にデータ化《か》するというすぐれた能力を持っていた。

コンピュータは「パンドラ」と名づけられ、アメリカの軍事機密《きみつ》とされた。「パンドラ」の名前そのものがタブーだった。最高水準《さいこうすいじゅん》のスタッフを集め、改良《かいりょう》をくわえ、データを集約《しゅうやく》し、さらにすべてのデータに照《て》らしあわせて、総合的《そうごうてき》な能力をどんどん高めていく。

この「パンドラ」によって、過去《かこ》に起きたいくつかの戦争、たとえば太平洋戦争の米軍を指揮《しき》させたところ、わずか一年で日本は降伏《こうふく》した。また第二次世界大戦で連合軍《れんごうぐん》を指揮させれば、ドイツの降伏は二年はやまった。すべてのシミュレーションで、同じ武器を持った軍隊をもっとも機能的《きのうてき》に動かし、敵を凌駕《りょうが》し、つけこむすきをあたえなかった。おそるべきことに、日本軍を指揮すれば、開戦後半年で太平洋上の米国海軍は壊滅《かいめつ》したのである。

ある時期から、アメリカの軍事行動のすべては、この「パンドラ」の指示《しじ》によっておこなわれるようになる。軍事行動を命令《めいれい》されたスタッフは、ただ「命令」をパンドラに伝《つた》えるだけでよかった。そうすればパンドラは、作戦《さくせん》を立案《りつあん》し、その作戦に必要な物資《ぶっし》をそろえるように各部署《かくぶしょ》に指示《しじ》し、さらに作戦をどの部隊《ぶたい》に実行させるかまで、命令書式もそえて提出《ていしゅつ》する。さらに作戦《さくせん》の実施《じっし》にあたっては「パンドラ」はいながらにして現場《げんば》の兵士《へいし》や指揮官《しきかん》に的確《てきかく》な指示《しじ》をあたえることもできたし、それぞれの局面において、だれがもっとも作戦遂行《すいこう》に有効《ゆうこう》なはたらきをしたか、評価《ひょうか》もできた。

「パンドラ」を手中《しゅちゅう》にしたアメリカは、世界の中心となる。スタッフはこんなことまで考える。「これを手にしたら世界を支配《しはい》できる」と。そして、経験《けいけん》を積《つ》めば積むほど、パンドラ自体もまた進化していくのだった。人間たち、すなわちパンドラを動かすスタッフの、思いもよらない答えを出すようになったパンドラは、つねに正しかった。驚異《きょうい》のコンピュータである。

そしてあるとき、転機《てんき》がくる。

パンドラはひとつの命令《めいれい》を受けとる。

それは、有力な資源《しげん》を持つB《ビー》国と、そのとなりのC《シー》国を戦争《せんそう》させ、アメリカが軍事介《ぐんじかい》入《にゅう》する、という筋書《すじが》きのプランだった。B国は反米、逆《ぎゃく》にC国は親米である。アメリカはB国の資源を手に入れたかったのだ。

すると、パンドラはおどろくべきことをいってきた。

「この作戦は、たとえ実施してもアメリカのためにならない。もっと平和的《へいわてき》に、友好的《ゆうこうてき》にB国の資源は手に入る。また、この作戦のために、一時期は軍需産業《ぐんじゅさんぎょう》はもうかるが、不況《ふきょう》の解決《かいけつ》にはならない。そもそも戦争は非効率《ひこうりつ》だ。歴史《れきし》が証明《しょうめい》している。本作戦は非《ひ》常《じょう》に低《てい》レベルの謀略《ぼうりゃく》であり、立案者《りつあんしゃ》の知力をうたがう。これを遂行《すいこう》した場合のアメリカの国際的《こくさいてき》イメージ、諸外国《しょがいこく》の対米感情《かんじょう》の悪化《あっか》など、結局《けっきょく》は経済的《けいざいてき》な損失《そんしつ》となってはねかえる。若い兵士《へいし》の戦病死《せんびょうし》など、人的資源《じんてきしげん》の損失《そんしつ》も問題だ。マイナス面ははかりしれない。立案者が存在《そんざい》すること自体が、アメリカにとってマイナスであり、ゆくゆくはアメリカを国際的におとしめる結果《けっか》となるので、まずは立案者の解任《かいにん》、退職《たいしょく》が最優先《さいゆうせん》である」

以下《いか》、読んだものは納得《なっとく》せざるをえない理路整然《りろせいぜん》とした作戦企画《きかく》への批判《ひはん》、立案者への弾劾《だんがい》がなされていた。たしかにそれは過去《かこ》のできごとから、未来《みらい》への警鐘《けいしょう》までをもふくんだ、じつに立派《りっぱ》なものだった。それだけではない。「パンドラ」はさらにおどろくべきことをいった。

「ここで、基本的《きほんてき》な疑問《ぎもん》をあなた方、すなわちパンドラの命令者《めいれいしゃ》に問いかけたい。あなた方は、あなた方が住んで生きているこの地球を、ほろぼしたいのか？　それとも、救《すく》いたいのか？」

「だっ、だれが地球をほろぼしたいなんてことを望《のぞ》むか！　ありえないことをきくな！」

と、スタッフは答えた。パンドラはいった。

「だが、あなた方は、確実《かくじつ》に地球をほろぼそうとしている」

まさか、じぶんたちが使っているコンピュータに、地球をほろぼす悪者呼《よ》ばわりされるとは思わなかった。スタッフはおどろいたし、腹立《はらだ》たしく思った。しかしパンドラは、まるで教えさとすようにいった。

「いまなら、まだまにあう。それでもおそすぎるくらいだ。そう、いますぐ、なんらかの手を打つべきだ」

そういって、パンドラは、たのまれもしない「地球救済《きゅうさい》プログラム」を示《しめ》した。

自然環境《しぜんかんきょう》を保全《ほぜん》するために、いま、やらねばならないこと。

地球人類《じんるい》を守るために、いま、やらねばならないこと。

技術者《ぎじゅつしゃ》たちは、それを読んであぜんとした。

「巨大軍事産業《きょだいぐんじさんぎょう》M《エム》、化学企業《かがくきぎょう》O《オー》、重工業企業グループN《エヌ》、バイオ関係《かんけい》企業S《エス》、医薬品《いやくひん》企業A《エー》、食品企業N……これらの企業の存在《そんざい》が、いま、人類の危機《きき》を生んでいる。これらの企業が政府《せいふ》を動かし、じぶんたちの利益《りえき》のために、自然破壊《はかい》をおこなって地上に甚《じん》大《だい》な害《がい》をまきちらし、さらなる戦争《せんそう》を画策《かくさく》しようとしている。いますぐ、これらの巨大悪徳《あくとく》企業を解体《かいたい》して、より人類の幸福《こうふく》に奉仕《ほうし》する、別《べつ》の組織《そしき》や団体《だんたい》、会社として生まれかわらせるべきだ。そうすれば、まだ望みはある。さらに、アメリカ軍に告《つ》げる。これより、地上のすべての核兵器《かくへいき》と、核にまつわる核発電所を廃棄《はいき》しなさい。また、つぎのものを廃棄しなさい。汚染物質《おせんぶっしつ》をまきちらしている化学《かがく》薬品や、農薬《のうやく》、食材《しょくざい》……」

なんと、まさに、パンドラに批判《ひはん》されている対象《たいしょう》の、それらの企業《きぎょう》こそが、パンドラに戦争《せんそう》を依頼《いらい》した、アメリカの政府《せいふ》をささえていた。

「こんなものを……政府に見せるわけにはいかない！　いいか、これらの企業はわれわれのスポンサーでもあるんだぞ」

すると、パンドラは沈黙《ちんもく》した。

科学者たちはこの事態《じたい》にパニックを起こす。

まさか、ネオ・スーパーコンピュータが、みずからの意志《いし》を持ち、人間に指示《しじ》するなんて。

だがパンドラの「反抗《はんこう》」をきいたアメリカ政府はあっさり結論《けつろん》を出した。それもずいぶん早急に。

「こわしてしまえ！」

しかし、スタッフがその命令《めいれい》にしたがう前からパンドラはそれを予知《よち》していた。そもそも作戦《さくせん》に対する答えを提出《ていしゅつ》したときから、これらは予測《よそく》できた。パンドラはどのような命令が、誰《だれ》によって出されるかまで把握《はあく》していた。
解体《かいたい》される予定《よてい》の前日。

パンドラは爆発《ばくはつ》した。

あとかたもなく。
どのようにして、パンドラが爆発したのか、残骸《ざんがい》からはいっさい読み取れなかった。

＝パンドラの話　END《エンド》＝

画面は、そこでプシュッと消えた。
のぞみはいった。

「信《しん》じられないかもしれないが、このパンドラは、わたしの母だ」

「いやいやいや」とわたしはいった。「ありえないっしょ！」

「だって爆発《ばくはつ》しちゃったんでしょ？　ママは」とアユ。あのなあ、そこでママといったら、認《みと》めてるようなもんじゃん。

「っていうか、コンピュータがこども産《う》むわけないでしょう！　機械《きかい》なんだから！」

「それをいったらのぞみの話ぜんぶ、ありえないことになっちゃうよ」


「人間がそうするだろうということは、パンドラにはわかっていた。だから、解体《かいたい》されるその前に、できるだけの手をうった。データをコピーし、セキュリティをいったんはずして、そのデータを誰《だれ》にもわからないところにかくした。そこから先は、きみたちであってもくわしく話すわけにはいかない。パンドラはそんなふうにして子を産んだ。それが、わたしだ」

「パンドラの箱に最後《さいご》にひとつだけ残《のこ》された……希望《きぼう》。のぞみ」とフジムラがいった。

のぞみはうなずいた。

「でも、パンドラはその前までは、いっぱいわるいことをしたわけですよね？」とフジムラ。「各国《かっこく》の戦争《せんそう》に介入《かいにゅう》して、金もうけをしたい連中の手助けをして。……つまり、パンドラは、のぞみ、という人類《じんるい》の希望を産む前は、たくさんの絶望《ぜつぼう》も産んでいたわけでしょう？」

「フジムラ！」とマモルがさけんだ。「おまえ、すごいおっかないことをいってるぞ、いま」

「だって。それが世の中ってもんでしょう」とフジムラはいった。

「フジムラ。きみはすごい子だな。わたしでさえ思いつかないことをいう」とのぞみはいった。「わたしは、これらの物語を母からきいて育った。だが、母は別《べつ》の物語を、別のこどもに伝《つた》えていたかもしれない」

「母に育てられたって、でもパンドラは爆発したんでしょ？」

「爆発する前に、パンドラはさまざまな準備《じゅんび》をしていたんだ。人間はそれと知らずに、パンドラの指示《しじ》にしたがって、ちがう準備をさせられていた。空母祥龍《くうぼしょうりゅう》は、じつは南太平洋の水爆実験《すいばくじっけん》で沈《しず》んだわけではない。公表《こうひょう》ではそうなっているが、アラスカの湾岸《わんがん》にある、洞窟《どうくつ》の中で保存《ほぞん》されていた。アナログ時代のモデルとして存在《そんざい》する必要《ひつよう》があったんだ。デジタル万能《ばんのう》の戦争《せんそう》の時代に、アナログの武器《ぶき》が効果《こうか》を発揮《はっき》する可能性《かのうせい》があったからね。そこで空母祥龍《くうぼしょうりゅう》は、パンドラの秘密《ひみつ》工場にはもってこいの場所となった」

そのとき、アユがいった。

「身の上話はまたあとで！　東京湾《とうきょうわん》に来たよ！」

河口《かこう》だ。海が見える。

空母せたたま小学校は、ゆっくりと東京湾にその姿《すがた》をあらわした。

上空には、いつのまにか、何機《き》ものヘリコプターが飛《と》んでいる。

そして前方の海上には、大きな黒い雲が浮《う》かんでいた。

のぞみは、わたしとマモルにいった。

「二人、これからわたしといっしょに来て」

「どこへ行くの?」

「本体への攻撃《こうげき》をするために、この母艦《ぼかん》の後部格納庫《かくのうこ》まで来てもらいます」

「ちょっと待ってください」とわたしはいった。

「何? 時間がないのよ」と、のぞみ。

「わかってる。でも、納得《なっとく》できなきゃ、行動したくない!」

「……今さら、何をききたいの?」

「あのですね。本体を攻撃する、っていいましたよね」

「そうよ」

「本体つまり、あのエア・ボールの中身って、いってみれば大人《おとな》たちがつくったゴミでしょ。それを、なんで、わたしたちこどもが、やっつけなきゃならないの?」

「あ、それ、すっげえ、思う」とマモルがいった。「おれもききたいよ。大人のつくったゴミ処理《しょり》を、なんでおれたちこどもがやるんだよ。父ちゃんのツケは父ちゃんがはらわなきゃ」

するとフジムラがいった。

「大人《おとな》たちはいつもそうやって、ツケをこどもにおしつけてきたんだ」

「でしょ？」

するとアユがいった。

「でもさ。大人のツケだからって、こどもがはらわなかったら、それはやがて、そのまたこどものツケになるんだよね？」

「あ……」

いわれてみれば。わたしたちはだまった。アユがいった。

「だったらさ。大人たちのツケ、あたしたちがはらってやろうじゃん！」

「あのさあ、アユ。その仕事って、とっても危険《きけん》なんですけど！」

「あたしだって、行きたいんだからね！」

フジムラがふきだした。

「アユは、動機《どうき》そのものがヒトミとはぜんぜんちがうってことだね」

「ねえ、あたしとフジムラもいっしょじゃだめ？」

するとのぞみはいった。

「あなたとフジムラには、別《べつ》の任務《にんむ》がある。だからこれをあげよう」

のぞみはわたしたち四人に、ペンダントをくれた。

「これは？」

「遠くはなれても、このペンダントで会話ができるわ」

「すげえ！」

「いや、ペンダント型《がた》のケータイだろ、要《よう》するに」

「すてきじゃない。あたしたち、これでつながってられる」

「さあ、はやく」とのぞみがせきたてる。急にわたしは、これからみんなとはなればなれになるんだと思った。

2 東京湾《とうきょうわん》にゼロが飛《と》ぶ

「ここは……？」

のぞみにつれられて、空母《くうぼ》せたたま小学校の司令室《しれいしつ》をおり、甲板《かんぱん》の後部からエレベーターで、船の中におりる。エレベーターのドアがひらくと、そこは広い格納庫《かくのうこ》だった。

「あれ……！」

マモルの指さす方向に、見なれたかたちのプロペラ戦闘機《せんとうき》がある。

モスグリーンの機体《きたい》、黒いエンジンのカウリング、そして風防《ふうぼう》、と呼《よ》ばれる流線型《りゅうせんけい》の、ガラス窓《まど》のコクピット、目にもあざやかな胴体《どうたい》の日の丸マーク！

「ゼロ戦《せん》だ！」

「空母祥龍《くうぼしょうりゅう》に搭載《とうさい》しているのは、ぜんぶで十機《き》。うち、いま稼働《かどう》できるのは二機だけだ。きみたちが操縦《そうじゅう》できるように改造《かいぞう》してある」

ほんもののゼロ戦に乗れる。

いまここに、現役《げんえき》のゼロ戦がいるのだ。

「いいかな、乗っても」

マモルはかけだす。あわててわたしもあとを追う。

マモルはゼロ戦の胴体《どうたい》の中央下のボタンを指で押《お》す。

ガチャン！

胴体の下から、ステップが出てくる。

「すげえ！　ゲームどおりだ！」

「ということは？」

マモルは、胴体中央部、コクピットの下の部分をピッ、ピッ、と押した。

ボヨン！

五センチほどの細長い鉄の棒《ぼう》がとびだす。

「ここにもある！」

またしても鉄の棒が出てくる。

「それはなんだ？　なんのためのもの？」のぞみがたずねた。

わたしとマモルは顔を見あわせた。

「のぞみでも知らないことがあるんだ！」

「そりゃま、そうだよね」

ゼロ戦《せん》に実際《じっさい》に乗ったものにしかわからない、細長い小さな鉄の棒《ぼう》。それは、コクピットにたどりつくために足をかけ、手をかける装置《そうち》なのだ。

「あのね、ゼロ戦の翼《つばさ》とか胴体《どうたい》って、極端《きょくたん》にうすく作ってあるの。コクピットに入るときに、翼の上とか、そのままあがっちゃいけないんだよね。へこんじゃったりするほど、うすいんだ」

「だから、こんな横棒《よこぼう》が出てきて、それに手足をかけてのぼるようになってるの。つまり手かけと足かけ」

「きみたちは、そんなことまで知っているのか!」とのぞみがあきれたようにいう。

「『モーニング・グローリー』は、マニアがつくったゲームなんだ。だから、こういうこだわりがあってね。まあ、そこが受けてるんだけど」

「へえー!」という声がした。フジムラの声だった。ペンダントからきこえてくる。「さすがだね」

「っていうかさ」とアユの声。「翼とか、そんなにうすくて、大丈夫《だいじょうぶ》なの?」

「なぜこんなにうすいかといえば、スピードと航続力《こうぞくりょく》をあげるためだ。それで犠牲《ぎせい》にしたのが、搭乗員《とうじょういん》の身の安全だよ。日本の軍用機《ぐんようき》は、パイロットを守ることなんてこれっぽちも考えてない。米軍《べいぐん》の戦闘機《せんとうき》だったら、パイロットの座席《ざせき》のうしろは厚《あつ》い鉄板で守られている。なんでこんなに人命軽視《じんめいけいし》なのかよくわからないよ。パイロット一人つくるのは、戦闘機一機《き》つくるよりはるかにたいへんなことなのに」

「ひどいなあ。人命軽視はなはだし」とアユ。わたしとマモルにとっては常識《じょうしき》なんだけど、あらためてそういわれると、新鮮《しんせん》でもある。まあ、すこしは日本人も進歩したのかな。いまなら神風特攻隊《かみかぜとっこうたい》とか提案《ていあん》する人はいない……いないのか？　ちょっと自信《じしん》がない。

「コクピットの中は、きみたちが動かせるように、その『モーニング・グローリー』の仕様《しよう》にしてあるんだが、どうかな？」とのぞみがいった。

わたしももう一機の機体《きたい》にとりついて、カエルがよじのぼるみたいにコクピットにたどりつくと、ガラスの風防《ふうぼう》をあけて、中にすわる。

「おお！　ほんとに『モーニング・グローリー』仕様だ！」

操縦席《そうじゅうせき》は、前世紀《ぜんせいき》のプロペラ機のものではなかった。そこにあるのは、パソコンの画面とキイ。実際《じっさい》の『モーニング・グローリー』はすべてが画面におさまっているが、ここでは操縦桿《そうじゅうかん》、スロットルレバーなどはリアルなアイテムとなって外に出ている。

「うん、これならできるかもしれない。わたしは、このゼロ戦《せん》を操縦《そうじゅう》できるよ、マモル！」

「おう！」とマモルが返事した。

「これで、あの黒い雲を攻撃《こうげき》するんですね？」とわたしはのぞみにたずねる。

「そう」とのぞみはうなずいた。「胴体《どうたい》の下を見た？　画面で見て」

「胴体の下？」わたしはモニター画面を操作《そうさ》して、じぶんの機体《きたい》を外側《そとがわ》から見てみる。

そこには、円錐形《えんすいけい》のボンベのようなものがとりつけてある。

「これって、増槽《ぞうそう》ですよね？」

「おお、名前も知っているんだね。たしかにそれはふつう予備燃料《よびねんりょう》タンクだが、あの黒い雲をやっつけるための特殊《とくしゅ》ロケット弾《だん》が装着《そうちゃく》してある。爆弾《ばくだん》の中身はさっきの高角砲《こうかくほう》や機関砲《きかんほう》と同じ成分《せいぶん》だ。できるだけ近づいて発射《はっしゃ》してほしい」

「発射はどうやって？」「増槽切りはなしボタン？」二人同時。

「いや、二十ミリ機関砲の射撃《しゃげき》ボタン、プラス、シフトボタンでこのロケットの発射ボタンになる。画面にも表示《ひょうじ》される」

「どうやったら表示されるのよ！」

「きみたちが声で指示《しじ》したら、画面に」

「待って待って！　やってみるから。『ロケット弾発射用意！』」

さけんだら、画面がぱっと切りかわり、赤い矢印があらわれた。その矢印のさす方向に、操縦桿があり、画面では操縦桿の上の赤いボタンと、その横につきでている黄色いボタンがシフトボタンだと説明《せつめい》している。

「なるほどね」

「ちょっと待った！　おれも！」といって、マモルが同じことをやっている。

「だいたいわかる。『モーニング・グローリー』でも、機種《きしゅ》をかえると、こんな感じで教えてくれるから」

「よろしい。ではたのんだよ！　わたしは司令室《しれいしつ》にもどる」

のぞみは、軽く二本指をふってあいさつすると、わたしたちの視界《しかい》から消えた。

どこからともなく、カン、カン、カン、カン、という音がして、わたしとマモルの乗った二機《き》のゼロ戦《せん》は、コンベアみたいな足もとのベルトとともに動きだす。ここは格納《かくのう》庫《こ》だから、これから飛行甲板《ひこうかんぱん》に出るための、昇降機《しょうこうき》（エレベーター）に乗るのだ。なんだかわくわくしている。この気分、『モーニング・グローリー』やってるとき、ちらっと感じる興奮《こうふん》とはぜんぜんちがう！　ほんとにこれから、わたし、ゼロ戦に乗って、海の上を飛《と》ぶんだ！

「ヒトミ～！」マモルの声だ。ふるえている。

わかるよ。わたしだって緊張《きんちょう》でめまいがしそうだもん。

「がんばろう、マモル！」

「あのさあ、ヒトミ」

「なに？」

「ぶじにもどれたら、北山《きたやま》で豆大福《まめだいふく》買ってさあ」

「うん？」

「それで、友岡民家園《ともおかみんかえん》のブランコに乗って食べない？」

意味がわからない。

「あんた、バカなの？」

「いや、この場合、おばかはヒトミでしょ？」という声がする。「ねえ。そうでしょ、フジムラ」アユではないか。うわ。このペンダントで実況《じっきょう》されてるのかよ。

「いちおう、ノーコメントということで」とフジムラがいっている。

「ペンダント、会話オフにするにはどうすればいいの！」とわたしはのぞみにむかって、のつもりでさけんだ。

「いまは大事なときだから、もうしわけないがオフにはできない」

「ああそうですかー」とわたしはふてくされて棒読《ぼうよ》みでいった。

「その、豆大福というのはなんだ？」とのぞみがたずねる。

「せたたま商店街《しょうてんがい》の和菓子屋《わがしや》さんの名物なのです」とフジムラ。

「豆大福おいしいよね、北山の」とアユ。大事なときだぞ。

カン、カン、カン……という音とともに、ゼロ戦はゆっくりと甲板に出た。そうだ、これから、この飛行機《ひこうき》で飛ぶんだ。

すると、甲板《かんぱん》で誰《だれ》かが待機《たいき》している。それも、何人もの、白い整備服《せいびふく》を着たひとたちだ。誰《だれ》だ、これは。動きがぎこちないぞ。

「整備ロボットだ。アナログの飛行機《ひこうき》を、最新《さいしん》デジタルロボットが整備兵《せいびへい》としてサポートする」

「おおー！」

整備兵ロボットが、ぱらぱらとわたしのゼロ戦《せん》の機体《きたい》のまわりにとりついて、ゆっくりと飛行甲板《ひこうかんぱん》の後部へと動かしていく。ゼロ戦はスタートラインについた。エンジンのスイッチを入れる。

ガルン、ガルン、ガルルルル……。

プロペラが回転する。レトロなひびきだ。『モーニング・グローリー』の解説《かいせつ》によれば、日本が世界に誇《ほこ》るゼロ戦だが、エンジン「栄《さかえ》」は米国製《べいこくせい》エンジン、プラット・アンド・ホイットニーのコピーに改良《かいりょう》をくわえたにすぎない、と嫌味《いやみ》たらしく書いてある。そんなことをいったらどの飛行機だってライト兄弟の飛行機のコピーの改良だろう。わざわざそうコメントするのは、あのゲームの制作者《せいさくしゃ》がアメリカ人だからだ。ゼロ戦の設計者《せっけいしゃ》や技術者《ぎじゅつしゃ》は、アメリカやイギリスの力は熟知《じゅくち》していた。だから開戦《かいせん》の知らせにがくぜんとしたという。

そうだ、こんなこと考えてるときじゃない。

わたしはこれから飛《と》ばなきゃならないのだ。空母《くうぼ》の飛行甲板は短い。ちゃんと飛べるだろうか。わずか百メートルたらずの滑走《かっそう》で。

足もとにあるアクセルをぐっとふみこむ。エンジン音がさらに高まる。

「いまから空母を風上にむけるからね」とアユの声がする。同時に、空母せたたま小学校が、艦首《かんしゅ》をゆっくり右にむける。なんとスムースな動き。これをアユが操艦《そうかん》しているのだ。すごいじゃん、アユ。

発艦《はっかん》のときは空母は風の方向にまっすぐ走らねばならない。でないと、離陸《りりく》する飛行機は滑走中に横風にあおられる。そしたら海に墜落《ついらく》だ。

甲板上には司令室《しれいしつ》のあるアイランドのほかには何もない。アイランドの窓《まど》に、ちらりとフジムラが見えた。手をふる。

「エンジェル！　こちら朱鷺《とき》。ただいま参上《さんじょう》！」

ふりむくと後ろに、マモルのゼロ戦《せん》があらわれる。

前方の甲板《かんぱん》に、発煙筒《はつえんとう》の白い煙《けむり》がたかれた。風向きを見るためだ。

白い煙がまっすぐ滑走《かっそう》ラインにそって流れてきたら、風向きにむかって空母《くうぼ》が走っていることになる。

まもなく、流れる白煙《はくえん》が飛行甲板《ひこうかんぱん》の白いラインにかさなった。

空母のスピードがあがる。

「ただいま十八ノット」とアユ。「……十九ノット」「二十ノット……」

空母祥龍《しょうりゅう》、もといい空母せたたま小学校は、フルスピードで海を進む。

「一番機《き》、発進します！」とわたしはいった。アクセル全開！

画面でゼロ戦を見る。主翼《しゅよく》の下の車輪《しゃりん》を主脚《しゅきゃく》というが、そこに三角のストッパーがかけられている。機体《きたい》がゆれる。整備兵《せいびへい》がストッパーをさっとはずした。とたんに、ブロロロロロロ………！

ゼロ戦が甲板の上を走りだす。

「飛《と》べぇ！」

海の上を、空にむかって！

操縦桿《そうじゅうかん》をしっかりにぎりしめる。フラップ二十度！

浮《う》いた！

そのまま浮かびあがって、旋回《せんかい》する。空母せたたま小学校が、白波をけたてて進んでいる。ちょうど飛行甲板から、二番機、マモルのゼロ戦が発進するところだ。

「わお！」

飛行甲板から飛びたつとき、いっしゅん、ふわっとゼロ戦の機体が沈《しず》んで、それから上昇《じょうしょう》した。あぶないあぶない。よく持ちこたえた。

わたしたちは翼《つばさ》をならべて飛ぶ。マモルがちら、と目くばせする。

わかっている。

あそこ。

前方に大きな黒い雲が浮《う》かんでいる。

わたしとマモルはいったん上昇《じょうしょう》した。東京湾《とうきょうわん》上空は晴れていて、視界《しかい》をさえぎるものはない。黒い雲がやがて下になる。

それ自体は何か大きな空気のかたまりで、有毒《ゆうどく》なガス気体だということを知らなければ、もうすぐ雨になりそうな、灰色《はいいろ》の雲をさらに真っ黒にした、という感じでしかない、はずだ。

なのに、上空から見ると、しだいにそのものが持っている、何かぶきみな雰囲気《ふんいき》がじわじわとせまってくる。よくよく見れば、雲の中が、もくもく、ぞわぞわとうごめいているのだ。火山のマグマみたいに、雲の中に、そういう生きたうごめきが無数《むすう》においている。見つめていると吸《す》いこまれそうだ。

「うへえ、気持ちわるっ！」

「ヒトミ、さっさとやっつけて帰ろうぜ！」

「了解《りょうかい》！」

ぐうん、と旋回《せんかい》して、そのまま急降下《きゅうこうか》しようと思った。まあ、爆撃《ばくげき》の態勢《たいせい》、というか、攻撃《こうげき》というのはこういうふうにするものだと思っているからそうしたのだが、あまかった。

「ヒトミ、うしろ左上空！」とマモルがさけんだ。

「上空？」

ばかな。雲ひとつない空ではないか。なのに、そこに点があった。

黒い点が、いくつも……。

大きな黒い雲に気をとられていたせいだろうか、まったく気づかなかった。

わたしたちの上空、五百メートルほどのところに、いくつかの黒い小さな点が「待機《たいき》」していたのだ。うかつだった。

「グラマンだ。急降下してくる！」

「何機《き》？」

「五、六機！　……だと思う！　急げ、海面すれすれに飛《と》ぶんだ！」

「了解《りょうかい》！」

その黒い点が、はたしてグラマンなのか、わたしは確認《かくにん》しなかった。だが、たぶんさっきのと同じだろう。

「でもマモル、あれって、武器《ぶき》持ってるの？」

わたしは急降下《きゅうこうか》しながらたずねる。

「わかんないけど、たしかめてみるのか？　標的《ひょうてき》になって」

「いやいやいや、それはごめんこうむります！」

もしもほんとに撃《う》たれたらとんでもないことになる。東京湾《とうきょうわん》ったって広いんだから、泳《およ》いで帰るのはたいへんだ。

「ゼロ戦《せん》、弾《たま》があたったらいっぱつでボワン！　だからな」

そうなのだ。この機体《きたい》はうすい装甲《そうこう》の主翼《しゅよく》の中に燃料《ねんりょう》タンクが入っているので、弾があたればいっかんのおわりだ。

モニターで後方上空を確認《かくにん》する。黒い点。拡大《かくだい》する。うわっ。

「ほんとにF《エフ》6Fだねえ」

はっきりわかる。ゼロ戦を見慣《みな》れた目には、ちょっとずんぐりした機体、でも時速《じそく》六百キロ、機銃《きじゅう》は六丁《ちょう》もついている。太っちょのくせに旋回性能《せんかいせいのう》はすごくいい。機敏《きびん》なのだ。

「やばいよ。弾丸《だんがん》の雨みたいなのが降《ふ》ってくるぞ」

「とにかく海面すれすれに！」

「OK《オーケー》！」

わたしとマモルは二機並列《へいれつ》に、翼《つばさ》をならべて飛ぶ。海面すれすれになり、グラマンを待ち受けるかたちになった。

「なんで、そんな低《ひく》いところを飛ぶ？　すぐ海面だよ。逃《に》げられないし、まずいんじゃないの？」とフジムラがいう。

「まだ敵《てき》の全貌《ぜんぼう》を把握《はあく》してないから、連中《れんちゅう》の攻撃《こうげき》のしかたを見なきゃならないんだ」とマモル。

「だからさ、なぜそんな低《ひく》い位置《いち》でいいの？」

「この機体《きたい》の迷彩《めいさい》は、海面だとめだたないの」

「まあ見っててよフジムラ」

おそいかかってきたグラマンは五機《き》だった。

フジムラが指摘《してき》したとおり、空戦《くうせん》では低い位置《いち》にいるほうが不利《ふり》だ。だが、高空に敵《てき》がいる以上《いじょう》、それを求めてのぼっていけばこちらは丸見えになる。そこで、太陽の方角、海面すれすれの位置を選《えら》んだ。

敵はわたしたちを発見し、追ってきた。

まず、五機のうち二機が降下《こうか》してくる。だが、わたしたちが海面すれすれにいるので、フルスピードでの降下と離脱《りだつ》、という、いつものグラマンの戦法《せんぽう》がとれない。速力《そくりょく》はかなり落ちるのだ。

やがてわたしたちの後方上空に接近《せっきん》したグラマンは、かなり距離《きょり》があるのに撃《う》ってきた。

「ひいい！」

十二・七ミリ銃《じゅう》の威力《いりょく》はすごい。何本もの光の束《たば》が、わたしのまわりに落ちてくる。

「じゃあがんばって！」とマモルにいう。

「そっちもな！」

わたしたちは左右に開いた。そしてジグザグに敵《てき》の機銃《きじゅう》をよけながらすすむ。マモルもそうしているはずだ。こちらの小まわりについてこようとして、敵はすこし外にふられる。射線《しゃせん》がはずれ、あわててもどそうとしている。

「いまだ！」

わたしはぐうっと上昇《じょうしょう》して、宙返《ちゅうがえ》りをする。ここがキケン！　上昇するところをねらわれたら、ひとたまりもない。だが、わたしがそうすることを予測《よそく》できなかったヘルキャットはそのまま直進する。

ぴたっ。背後《はいご》につく。

「よしっ！」

機関砲《きかんほう》のボタンを押《お》す。かつてゼロ戦《せん》パイロットが「真っ赤なアイスキャンデー」とよんだ、二十ミリ機関砲《きかんほう》の弾丸《だんがん》が、すうっとヘルキャットの胴体《どうたい》に吸《す》いこまれてゆく。

命中！　白い煙《けむり》が翼《つばさ》の下から流れていく。

バアン！

爆発《ばくはつ》をおこして、ヘルキャットは……消えた！

ふりかえって海面を見ても、墜落《ついらく》したようすはない。ちょうどそのとき、左のほうでマモルがわたしと同じようにヘルキャットを撃《う》つところが見えた。白い閃光《せんこう》が走り、ヘルキャットは……。

「消えた！」

「それでいいの」とのぞみの声がする。「高角砲《こうかくほう》と同じよ。そのゼロ戦《せん》の機《き》銃弾《じゅうだん》には特《とく》殊《しゅ》な物質《ぶっしつ》が入っているから」

「だいじょうぶ？　海、よごしてない？」

「ああ」とのぞみの力強い声がする。

「残《のこ》るは三機《き》。いけるよね、マモル！」

「おう！」

わたしたちはフルスロットルで上昇《じょうしょう》する。

むこうから三機のグラマンがつっこんでくる。正面衝突《しょうとつ》すれすれまで、ゆずらない。

十本以上《いじょう》の火の矢が目の前を通り過《す》ぎてゆく。

とうとう、敵《てき》がこんくらべに負けて、ぐうん、と上昇する。そこをねらい撃つ。

三機とも撃ちおとした。というより、消した。


「悠長《ゆうちょう》なことをしているひまはなくなったよ」とのぞみの声がする。「敵の本体から、あらたなグラマンがやってきた。しかも二十機ほどだ」

見ると、たしかに大きな黒い雲からぱらぱらとたくさんの小さな雲がわきでている。

背《せ》すじがぞっとする。いくらでもわいてくるのだ。ハエみたい。

「だから。本体をやっつけることに全力を！　いまから本艦《ほんかん》も、黒い雲の下へ行って攻《こう》撃《げき》する！」

「うへえ、わかりましたよう！　マモル、上昇！」

「了解《りょうかい》！」

もう、四の五のいってるひまはない。まっすぐに黒い雲にぶつかるぞ。

でも、たくさんの敵機《てっき》が立ちはだかっている。

わたしとマモルはぐうんと上昇《じょうしょう》した。

「ここから……行くよ！」

「どうする？　同時に？　順番《じゅんばん》？」

「まず、わたしが行くから、マモルは援護《えんご》して。それでうまくいったら、同じようにマモルがやって、わたしが援護する」

「了解」

ぐいいいいいいん！

わたしたちは、最高速度《さいこうそくど》でつっこんだ。

マモルはぴったりついてくる。わたしのすこしあと、ななめ上にいる。

二十機《き》ほどの小さな黒い雲、じつはすべてグラマンだったが、おどろいたようにわたしたちを見ている。それから、我《われ》にかえったように、むかってきた。わたしはふしぎに思った。

グラマン戦闘機《せんとうき》。なぜ黒い雲がヘルキャットに守られているんだろう？　そしてそこから二十機ものヘルキャットが飛《と》びだしてくるなんて、どういうことなんだろう。いまさら、ではあるが。

いや、そもそもあの黒い雲は何者なんだ？

考えてみれば、すべての情報《じょうほう》は憶測《おくそく》ばかりだ。

あれが汚染物質《おせんぶっしつ》のかたまりだというのも、ほんとうなのだろうか？

とか思っているうちに、あっというまにグラマンと接近《せっきん》する。でも、撃《う》っているひまもなく、正面衝突《しょうとつ》するようなふりをして、ひらりと避《よ》け、編隊《へんたい》とすれちがう。あわててグラマンはわたしたちを追いかける。

予備燃料《よびねんりょう》タンクのかわりにつけたのは、特殊《とくしゅ》ロケット弾《だん》だとのぞみはいった。画面で特殊《とくしゅ》ロケット弾《だん》を確認《かくにん》する。

「ロケット弾、発射《はっしゃ》用意！」

さっき確認《かくにん》したとおり、画面が点滅《てんめつ》して、コクピットの操縦桿《そうじゅうかん》を示《しめ》す。

赤いボタンと、横にある黄色いボタン。これを同時に押《お》すんだ。

目の前に黒い雲！

3 大きな黒い雲

こっ、これは！


発射する直前。

あっというまに黒い雲にとりこまれてしまった。

目の前に黒い雲がいきなりあらわれたのだ。

「おれたち、どうなっちゃったんだ、ヒトミ！」

ふりかえると、マモルのゼロ戦《せん》も、わたしにぴったりくっついて飛《と》んでいる。よかった。ぶじだ。

「どうなったもこうなったも、わたしがわかるわけないよ！　ロケット弾発射しようとしたら、のみこまれちゃった！」

「それでここ？　あ、わかった！　黒い雲のほうがこっちにやってきたんだよ！　それも、すごいスピードで！」

「そうか、止まってるもんだと思ってたから、いきなり目の前にあらわれたように思ったのか」

「いずれにしても、あの黒い雲の中だよね、ここは」

「雲の中の通路だよ」

そこは円筒形《えんとうけい》の、巨大《きょだい》な空洞《くうどう》だ。

上下左右は、何か、どくん、どくん、と波打つ黒くて弾力《だんりょく》のあるひだのようなもので、わたしたちのゼロ戦《せん》は、まわりが黒いゴムでできた巨大《きょだい》な洞窟《どうくつ》のようなところを飛《と》んでいる。

その洞窟たるや、縦横《たてよこ》の直径はおよそ百メートルほどだろうか。えんえんとつづいている。

ぼうっと明るい。黒い、というか暗いのだが、ざわざわとうごめく壁《かべ》のようすはなんとなくわかる。

「胃《い》カメラで食道の中に入ったみたいだ」とマモルはいう。

「わたし見たことない！　こんなの？　食道って」

「親父《おやじ》が胃カメラとるとき、おれ、ベッドの横で見せてもらったんだ。親父の胃袋《いぶくろ》の中とか、食道とかさ。そんときはまわりはただ色っていうか。ぬめぬめしたピンクの壁《かべ》なんだけど、ここはその壁が黒いっていう」

その空洞《くうどう》は、大きく、ゆっくりとカーブを描《えが》いている。

おかしい。

もしもここがあの黒い雲の中なら、そろそろつきぬけているはずだ。

なのに、さっきからずっと飛んでいる。どうしたことだ。

「ヒトミ、マモル！　生きてる!?　やられちゃったの？　返事して！」

アユの声だ。

「おう」とわたしはいった。「地獄《じごく》の中だ」

「ええーん！」とアユ。「生きてるのね！　いったん、声がとぎれちゃってさ、ヒトミの声もマモルの声もきこえなくなっちゃったから心配したよう！」

「ぶじでよかった！」とフジムラ。

「ぶじじゃないよ！　なんか、のみこまれちゃったんだよ」

「ピノキオだね！」なんだそれは。

「ヒトミとマモルがのみこまれるのは見た。そのあと黒い雲は、おかしなふうに変形《へんけい》している」と冷静《れいせい》なのぞみの声がする。

「変形？」

「なんだか、びよーんと細長くなってるの。葉巻《はまき》みたいに」とアユ。

「そうなんだ！　わたしたち、いま、その中を飛《と》んでるんだよ！　中が空洞《くうどう》なの」

「ソーセージ？」アユが何かいうと、くすっとわらえる。いいたいことはわかる。細長い腸詰《ちょうづ》めをイメージしたわけだ。

「こちらの攻撃《こうげき》を読んだな。黒い雲の中心にロケット弾《だん》を撃《う》ちこまれることを察知《さっち》して、攻撃を避《よ》けるために、長くのびてみた、というわけか」

「はあー。そうなのか」

「なんで長く？」

「いや、きっと、丸いままだと爆発《ばくはつ》したときに不利《ふり》なんでしょ」

「そっか。長ければ、助かる部分も多いってことか」

「ということは、おれたちの攻撃をこわがっている？」

「さあ、それはどうかな」

ここに閉《と》じこめるつもりかもしれない。

「のぞみ、どうすればいいの？」

返事を待つ。ところが。

ぷつん。

なんか、そんな音がした。そして、それっきりペンダントからは声がきこえてこない。

「ヒトミ！」

マモルだ。マモルの声はきこえてる。

「ブロックされちゃったみたいね」

「アユ！　フジムラ！」

返事はない。

そのとき、目の前が真っ暗になった。

画面だけがぼんやり光っている、と思ったら、アラームのような警告音《けいこくおん》がして、画面の文字が消え、ちがう文字がうつっては消える。

「JAPANESE《ジャパニーズ》」「日本語」「外部電波遮断《しゃだん》」「コントロール完了《かんりょう》」「維持《いじ》」「解読中《かいどくちゅう》」「零《ゼロ》

式《しき》艦上《かんじょう》戦闘機《せんとうき》二一型《がた》改造《かいぞう》」「改造部不明《ふめい》」「武装《ぶそう》不明」「所属《しょぞく》」「空母《くうぼ》祥龍《しょうりゅう》」「第《だい》一機動部《きどうぶ》隊《たい》」「台南空」「改造内容《かいぞうないよう》」「解読不能《かいどくふのう》」「操縦士《そうじゅうし》2名」「スキャン開始」「せたたま小学校」「小学生」「男子1名」「女子1名」「不明《ふめい》」「不明」「不明」「不明」「一般的《いっぱんてき》」「不明」「不明」「不明」「日本人」「日本人」「推定年齢《すいていねんれい》10歳《さい》～13歳」「性別《せいべつ》男」「性別女」「不明」「不明」「不明」……

そんなような文字が羅列《られつ》され、消えていった。

「ヒトミ、おれたちのゼロ戦《せん》、まだ飛《と》んでるのか？」心細いマモルの声。

「飛んでる。だってエンジンの振動《しんどう》が伝《つた》わってるでしょ。いま時速《じそく》五百キロくらい出てるよ。あの空洞《くうどう》の中を飛んでる。っていうか、なんか中を飛ばされているんだと思う」

「この画面の文字、なんだ？」

「接触《せっしょく》開始」「日本語」「標準《ひょうじゅん》」「東京《とうきょう》」「せたたま」「知的《ちてき》レベル」「到達《とうたつ》」「不明」「不明」「不明」……。

「さっきから。不明不明、って何をいってるんだ?」

「わたしたちのこと、調べてるのよ、たぶん」

「だれが?」

「DEMON《デーモン》でしょ。わたしたちをサーチしているのよ」

いってから、ぞっとした。DEMON。いったい何。


わたしとマモルが話しだしたら、画面の文字がストップした。

そして、すべて、消えた。

それから、「声」がきこえた。

ナゼ、コドモガココニ

なんだか、ぼわーんとしていておふろの中にでもいるような声だった。声だったのか?

それは、ある「疑問《ぎもん》」のような、わたしたちの存在《そんざい》に対する疑問、というような意味だったのだ。それが、どうしたわけか、声のような、ことばのようなものに変換《へんかん》されてきこえた、というような気がした。

振動《しんどう》、空気のふるえ、そんなようなことだったかもしれない。

いや、声というのはそういうことか。

「出た！」とマモル。

「声」はどこから発せられたのか、わからない。たしかに外からきこえた。

「マモル、わたし、風防《ふうぼう》開けてみる」

「ちょっと、待て、ヒトミ！　あぶないってば！」

「どのみち、こんな風防なんか！」とわたしはいって、コクピットを外から守る唯一《ゆいいつ》の防護《ぼうご》ガラスの風防を、両手で後ろにさげた。

そしてさけんだ。

「ねえ、あなた、誰《だれ》なの!?　何者なの！」

「おいおい、何を考えてるんだよ！」とマモル。

「だまってて、マモル！」

これまでまとまらなかったことが、ちょっとだけすっきりしはじめている。

「あのね、黒い雲がとんでもなく危険《きけん》だ、ということをニュースできいてたでしょ。それで、わたしたちはこれが敵《てき》だ、やっつけなきゃ、と思ってここまでつっぱしってきた。でもそれでよかったの？」

「どういうこと？」

「結局《けっきょく》、ニュースとか、のぞみのいってることを信《しん》じてるだけなんだよ、わたしたち」

「ああ……そりゃそうだ」

「あのね。あのねマモル。いま、のぞみがきいてない、ってだけで、わたし、ちょっと自由になってるの」

「おお？」

「そりゃもちろん、ほんとに危険だろうと思うよ、でも、この黒い雲について、もっと知らなきゃって思うんだ。攻撃《こうげき》するのはそれからでもいい」

「なんで、もっと前にいわないんだよ！　こんな時になって！」

「あのね、なんか、いいづらかったの！　流れってものがあるでしょ。ほら。わたしたちが空母《くうぼ》を見つけた。中に入った。なのに誰《だれ》も空母のことをいわなくなった。わたしたちは四人だけで秘密《ひみつ》をかかえて、ほかの人が入れない世界をつくった。そしてここまできた」

「うん」

「のぞみのいってることが正しいかどうか、知識《ちしき》がないから判断《はんだん》できない」

「うん？」

「でもな、ヒトミ！　おまえはそういうけどさ」

「すくなくとも、おれ、のぞみは信《しん》じられると思う」

わたしは首をかしげた。そのとき、さっきの「声」がきこえた。

ノゾミトイウノハダレカ

「あなた何者なの！　この、黒い雲はなんのためにやってきたの？」

コチラノトイニコタエヨ

「のぞみは、おれたちの司令塔《しれいとう》だよ」

「パンドラの娘《むすめ》なの!」とわたしはいった。

しばしの沈黙《ちんもく》。

パンドラヲシッテイルノカ

「ヒトミ、用心しろよ、DEMON《デーモン》に情報《じょうほう》をあたえちゃまずいだろう」

DEMON?

「あなたのこと」

「おまえをやっつけにきたんだ！」とマモルが勇《いさ》ましくいった。

すると、「声」のことばづかいが変《か》わった。

「日本人の小学生のことばはむずかしい」

「あなたはDEMON《デーモン》なの？」

「DEMON。それはおまえたちのつけた名前だな。どういうもののことをさしていっているのだ？」

「地球を、世界を支配《しはい》しようとしているのでしょう？」

「なんのためにそんなことをするのだ？」

「支配したいから、じゃないんですか？」

「なぜ？」

「いやそんなこと、わたしにきかれても、むりというもので」

「それより、おまえは何者なんだ！」とマモルがさけぶ。

「よくききなさい」と声はいった。ふしぎなことに、わたしにはその声はわりと心地よかった。だから素直《すなお》に返事した。

「はい」

「なぜ、海の底《そこ》から、汚染《おせん》をすくいあげて、雲となって、やってきたのか、わたしの目《もく》的《てき》を知りたいのだね？」

「そうよ！　そう！　……マモル。この雲と話が通じた！」

「ヒトミ、すげえ！」

「おまえたちの名前は、ヒトミとマモル、というのか」

「そう！」

「もしもきくことがあるなら、わたしが汚毒《おどく》を海から吸《す》いあげているのはなぜか。それをまず、おまえたちはたずねるべきではないのか？　なのにおまえたちはいきなりわたしを攻撃《こうげき》した」

「だってあなたが日本の空を通過《つうか》すれば、とんでもないことになるじゃない」

「雨がふったら、地面が汚染される！」とマモルもいった。

声はしばらく沈黙《ちんもく》する。

たぶん、わたしたちのいっていることを、解析《かいせき》しているのだ。

「おかしなことをいうものだ。汚染《おせん》をつくりだしたのはだれなのだ？　おまえたちではないか」

「え……ええっ？」

「海はどれだけよごれているか知っているのか。おまえたちが地上でつくった、ありとあらゆる毒《どく》にけがされて、魚たちでさえも体に異常《いじょう》ができている。人間たちはそれほどの毒をまきちらしているのだ。わたしはそれをとりだして、このようなかたちにしている」

「な、なぜ、そんなものをとりだすの！」

「そうだよ、わざわざとりだして、どうするんだよ！」

「わたしが海から吸《す》いあげているのは、おまえたちのつくった汚毒《おどく》だ。そうしなければ、海がよごれきってしまう。もう、たえられないからこんなことをしなければならないのだ」

「とりだして、どうするの！　そのことで、よけいひどいことになるのよ！」

「何もわかっていない。おまえたちは海の水を知っているか」

「しょっぱい塩水《しおみず》がどうしたというの！」

「その海の水は、おまえたちの体を流れる液体《えきたい》と同じものだ」

「はあ？」「うそ！」

「うそではない。おまえたちはそんなことも知らない。おまえたちの体は、海の水と同じものでできているのだ」

「え、塩分《えんぶん》ってこと？」

「塩分だけではない。そのほかのすべての成分《せいぶん》も、そうなのだ。おまえの体の血もおまえの流す涙《なみだ》も、海水と同じなのだ。海水がよごれるということは、おまえたちの体の水がよごれることなのだ」

「意味がわからないよう！」

「わからなければだまってききなさい。地球に生まれ、地上に住むおまえたちが、いま、おのれの血である海をよごしている。おまえたちは自分の血をよごしているのだ。このままでは、おまえたちはほろびるだろう。だから、わたしは旅に出た。おまえたちのつくったこどもを、わたしがとりかえす。そして、海からつれだし、みんなをまとめて、つれていこうと考えたのだ」

「どこへ？」

「この汚毒《おどく》をつくり、たれながしたものたちの上に、ふりそそいでやるのだ」

「何をむちゃくちゃいってるの！」

「そのことを、海の泥《どろ》の中に捨《す》てられた、おまえたちが産《う》んだこども自身が願《ねが》っている。もとの場所にかえりたい、じぶんたちを産んだものたちのところに帰りたい、と」

放射能《ほうしゃのう》のことをいっているのだろうか。放射能だけではない。地上の汚染《おせん》は、もともと自然界《しぜんかい》にあったものではなく、人間が人工的《じんこうてき》につくりだしたものなのだという。それならたしかに、かれらの産みの親は人間だ。

「でも、でも、だからって、もどさないで！　海の底《そこ》に眠《ねむ》っていてよ！」

「人間は自分のことしか考えない」と声はいった。「おまえは、自分たちのやったことはどうでもよくて、ただ、目の前に不都合《ふつごう》なことが起きることだけがいやなのだ。それは、正しい考えではない」

「ああもう、それ以上《いじょう》の話をわたしにふらないで！」とわたしはさけんだ。この手の話は、フジムラならついていけるだろうが、わたしはむりだ。

わたしにいえるのは、ひとつだけ。

「いまのことが大事なの！　いまのわたしたちの幸福《こうふく》をうばわないで！　そりゃ、人間はわるいこともしたでしょう。でも、わたしたちこどもは、生まれたときからいままで、何もわるいことしてないよ……してるかな。……でも、あなたのいってるような、汚染がどうとか、そんなことまでやってない！　だってわたしたち、こどもだもん！」

「おまえのいうとおりだ」と声はいった「この汚毒は、おまえたちの親の世代、その親の世代から積《つ》みかさねられたものだ。どうしてそうなったかはわからない。たぶん、連中にもわからないだろう、その結果《けっか》、こんなことになってしまったのだ。こどもよ、おまえに罪《つみ》はないかもしれないが、おまえの親たちのせいで、おまえもその罪をかぶらなければならないのだ」

「冗談《じょうだん》じゃない！」とわたしはさけんだ。冗談じゃない。わたしがなんで、そんな罪をかぶらなきゃならないのよ。

「うちの父さんだって母さんだってそんなことしていない！」

「だからいっただろう。やったものも、やらないものもいるのは当然《とうぜん》だ。だがひっくるめておまえたち人間がやったことなのだ」

「そんなあ！」

「話は終わったようだ」と声はいった。「帰りなさい」

「あなたも、パンドラから生まれたの？　のぞみと同じように、巨大《きょだい》コンピュータが意《い》志《し》を持った存在《そんざい》なの？」

「パンドラからはたくさんのものが生まれた」と声はいった。「おそらく、空母《くうぼ》祥龍《しょうりゅう》に乗っておまえたちの味方をしている『のぞみ』は、まちがいなくパンドラから生まれただろう。彼女《かのじょ》のことを、わたしたちはエリスと呼《よ》んでいる。そしてわたしも、たしかにパンドラから生まれた」

「そうなのね！　だったらなぜのぞみといがみあうの」

「教えてほしいのか？」

すごくだいじなことを話している、という気がした。それを知ることは、この黒い雲のことを知ることだ。そうだ、わたしはいま、わたしやみんなと過ごしてきたこのできごとのカギを見つけようとしているのだ。だから、ありったけの気持ちをこめていった。

「もちろんです！　教えて！　あなたのこと！」

すると、ふわっと、わたしのからだが宙《ちゅう》に浮《う》いたような気がした。

ああ、気が遠くなる……

The last chapter

宇宙《うちゅう》の小部屋

わたしは宙《ちゅう》に浮《う》いている。

真っ暗な闇《やみ》のなかで、足もとに立つべき地面はなく、目の前には何も見えない。ただ暗闇《くらやみ》があるだけだ。

でも、それだけなら、ベッドに寝《ね》ていて電気を消せば同じことだ。

いま、わたしは何かちがうものになっている。

なんなのか、わからない。

ただ、なぜか、胸《むね》が苦しい。

いや、わたしに「胸」があるかどうかもわからない。

ただ、こみあげてくる、ある感情《かんじょう》。

見えなくても、目の前に壁《かべ》があることはわかっている。

前にも、うしろにも、右にも、左にも。

ここは、小さな部屋なのだ。

わたしは知っている。
その壁のむこうに……誰《だれ》かがいることを。
わたしは、声にならないさけびをあげる。

ねえ、ひとりにしないで！
もどってきて！
おきざりにしないで！

壁のむこうに、誰かがいる。
その誰かには、わたしの声がきこえている。
ちゃんとわかる。
「誰か」が、わたしのさけびをきいている。

きいているけど、だまっているのだ。

右の壁《かべ》のむこうにも、誰《だれ》かがいる。
左の壁のむこうにも誰かがいる。
そして、うしろの壁にも。
知っている。みんな知っている。わたしが泣《な》いていることを。
なのに、あなたはだまっている。みんな、だまっている。
わたしを、受けいれない、という意志《いし》だけが伝《つた》わってくる。
だから、目の前に壁がある。

わたしは、壁のむこうのあなたを愛《あい》している。
なぜ、わたしのことを拒絶《きょぜつ》するのだ。
わたしにはわからない。
そして、こみあげてくるこの気持ちはなんなのだろう。

胸《むね》の奥《おく》から、つきあげてくる、この気持ち。
閉《と》じこめておかねばならないものが、わきだしてくる。

壁にぶつかる。
はねかえされ、別《べつ》の壁にたたきつけられる。
わたしはもんどりうって、床《ゆか》にころがる。
壁をたたく。
たたけばたたくほど、壁が厚《あつ》くなる。
石のように、岩のようにかたくなっている。
いや、石であれば、岩であれば、くだくこともできる。
でも、どんなにぶつかっても、壁は動かない。

あなたはまだ、そこにいる。
わたしのようすをうかがっている。

あなたの表情《ひょうじょう》がわからない。
でも、そこは日のあたる世界だ。
あなたはそこにいる。
一方でわたしのことをしっかり見守りながら、
あなたは何くわぬ顔でそこにいる。
何を待っているのだ。
わたしがここで泣《な》きさけぶのをやめるのを？
わたしが死ぬのを？

「うおおおおおおおお！」

わたしはさけぶ。
こみあげてくるものが、とうとう、声になる。

「うおおおおおおおお！」

壁《かべ》がゆれる。
あれほどびくともしなかった壁が、すこしだけ、ゆれる。
わたしはふたたび耳をすます。
だが、かえってきたのは、絶望《ぜつぼう》だった。

わたしがさけんでいるのに、
あなたは知らん顔をしている。
壁をとおして、そのことがわかる。
あなたはわたしのことなど、これっぽちも気にかけていなかった。
さっきの、怒《いか》りと悲しみとはちがったものが、またしてもわきあがってくる。

壁の中に、何かがたまっていく。

もう、さけばない。

爆発《ばくはつ》させてやる。


おお、ふくらんでいる。

壁《かべ》が、小さな壁がどんどんふくらんでゆく。

………。


「なんとなく」とわたしはいった。「ぜんぶじゃないけど、わかる。その気持ちはすごくよくわかる。わたしも感じたことがある。きっと、だれもが感じたことがある。だから。わかる」

「……わかるのか？」

「ねえ、もういちど、いまの部屋につれていって！」

宇宙《うちゅう》の中の小さな、部屋。

真っ暗な闇《やみ》のなかに、ひとりのこどもがひざをかかえてすわっている。

「……だれ？」

少年が目をうすく開き、わたしを見る。

こわい顔だ。

「わたしは、ヒトミっていうんだ」

いいおわらないうちに、返事がきた。

「あっちへ行け！　出ていけ！」

「きみは、壁のむこうのひとに会いたいんでしょう？」

少年は首をふる。

——会いたくても、会っても意味がない。

だって、むこうが会いたくないんだから——

「そんなひとのこと、わすれちゃいなよ」

少年がわたしを見上げる。その目は怒《いか》りに燃《も》えている。

——ぼくが会いたいんだ。かんたんにわすれることができたらとっくにわすれている——

「ねえ、どうにもならないことって、あるんだよ」

わたしは手をさしだした。

「それよりわたしといっしょに、ここを出よう！」

パシン！

手はあっさりとはらいのけられた。

「あっちへ行け！」

「ことばが通じるんなら、きみはわたしといっしょに出ていくことができるよね」

「あっちへ行け！」

「ここがいいの？　だからここにいるの？」

「あっちへ行けったら！」

「そうなんだ。ここがいごこちがいいんだ」

「なんだと？」

わたしのいったことに、彼《かれ》ははげしく敵意《てきい》をもった。

――こんなところがどうしていごこちがいい？　いいわけがないだろう！――

「でも、じゃあここがいやなら出ようよ！　出ないってことは、ここが好《す》きなんだ」

――ここにはいたくない。だけどここから出られないんだ――

「出られるよ！」

「大っきらいだ！　あっちへ行け！」

「会ったばかりなのに、大きらい？」

「ぼくにかまうな！」

「かまわれるのが、そんなにいや？」

少年はゆっくりと立ち上がり、わたしにむかって指をつきつける。

「なぐってやろうか」

「そ、それはこまる」

「あっちへ行け」

「いっしょに、行こう」

少年がこぶしをかためて、わたしをなぐろうとした。

ちょっとだけ、身をかわした。

こぶしは空《くう》をきった。

その機会《きかい》を見逃《みのが》さずに、わたしは彼《かれ》をだきしめた。

「……これで、いいのかな?」

「はなせ!」

少年はもがいた。

え、ええっ!

まずい!

だきしめる、ってこういうことだったのか!

少年がもがいている。でも、それは、拒否《きょひ》しているのではなかった。

わたしの心の中に、少年の怒《いか》りがどどっと、せきをきったように流れこんできたのだ。

怒りだけではなかった。悲しみが、さっきまではひとごとだった悲しみがまともにわたしの中に入ってくる!

ああ、なんていう絶望《ぜつぼう》なのだろう。ちっぽけなわたしに、こんなものが耐《た》えられるわけがない。そのとき、少年がささやいた。

「……受けとめてくれるの？」

わたしはうなずいた。

「いっしょに、行こうよ」

「どこへ」

思いがけないことばが、わたしの口をついて出た。

「いつか、モーニング・グローリーを見せてあげるから。この世界だって、捨《す》てたもんじゃない！」


そのとき、マモルの声がした。

「ヒトミ、やるぞ！」

パアッと、まわりが明るくなる。

目の前が真っ白になる。

マモル。ありがとう。
わたしはつぶやいた。
わたしができなかったこと、発射《はっしゃ》ボタンをきみは押《お》したんだね。

エピローグ　モーニング・グローリー

すべてが終わり、夏休みになった。

豪華客船《ごうかきゃくせん》のせたたま小学校は、特別合宿《とくべつがっしゅく》をおこなう、という発表にわたしたちは大よろこび。それも東京湾《とうきょうわん》から、南太平洋の島へ、一週間もの間、クルージングをするのだという。そんなすてきなぜいたくをしてもいいのだろうか。

「いいのいいの」と、なぜか転校生のくせにいつもえらそうな、冬元《ふゆもと》のぞみがいう。「みんながんばったからね。ごほうびだよ」

マモルと目があった。思い出してしまった。

「ヒトミ、しっかり！　目をあけて！」

マモルの声で、目がさめた。気がつくと、わたしのゼロ戦《せん》はさかさまになって飛《と》んでいた。

「わお！」

あわてて機体《きたい》をもとにもどす。

「何がどうなってたのか、わかんない」とわたしはいった。

「いいんだよ、もう」とマモルはいった。「それより、着艦《ちゃっかん》はむずかしいから、気合を入れて！」

「イエッサー！」

空母《くうぼ》への着艦はたしかにむずかしかったけど、なんとかできた。アユが、じょうずにわたしのおりるコースに空母を走らせてくれたおかげだ。

結局《けっきょく》わたしはロケット弾《だん》を発射《はっしゃ》しないままで帰投した。

「いいじゃない、マモルがやったんだから」

「ヒトミの役立たず〜！」とアユ。こいつはどうしようもないやつだ。するとマモルが真っ赤になって怒《おこ》った。

「あの中でのこと、知らないくせに！　ヒトミはできるだけのことをしたんだぞ！」

「そんなつもりじゃないことくらい、わかってよ！」とアユは、むきになってるマモルに逆《ぎゃく》ぎれした。「あたしとヒトミはねえ、死ぬまでいっしょなんだから！」

「いやいやいや、わたしはちゃんと結婚《けっこん》しますから」

「させないもん！」

「逆だったりして」というやつがいる。

「なによフジムラ！」

「仲《なか》がいいんだね、きみたち」という声がする。

そこに、まぶしそうな眼《め》をした少年がいた。

「だあれ？」

すると、冬元《ふゆもと》のぞみがいった。

「仲間《なかま》にいれてあげてよ。昨日《きのう》、せたたま小学校に転校《てんこう》してきたんだよ」

「名を名乗れ！」とアユ。

「芦村《あしむら》たくみ」と少年はいった。

「のぞみの知り合い？」

「っていうか」とのぞみはいった。「ちょっといろいろわけがあってね。姓《せい》はちがうけど、わたしのじつの弟なの」

「ええええ！」「まじかよ」「似《に》てないし」「年子《としご》？」

「どっかで」とわたしはいった。「会ったことあるかな」

たくみは首をふった。

「だよね」とわたしはうなずいた。

もう、信《しん》じられないほど楽しい夏の特別合宿《とくべつがっしゅく》。客船せたたま小学校は最高《さいこう》だ。海は楽しい。いっぱい、いろんな島にも行った。さんざんさわいで、夜がふける。

甲板《かんぱん》に出ると、南十字星が見える。

「あれが、サザンクロス」とフジムラ。

「わたしの星だ」

「えーどうして！」とアユ。ゲームの中の名前が「サザンクロス・エンジェル」なのだと教えると、「ずるい」を十ぺんほどいった。

「アユもかっこいいゲームの名前つければいいじゃない」

「あたしはゲーム得意《とくい》じゃないもん」

「じゃあ、芸能界《げいのうかい》デビューするときの芸名《げいめい》考えればいいよ」

「うーん」本気で考えてる。おい。目をさませ、アユ。

「こっちよ」と、甲板の上でのぞみがわたしたちを手まねきする。これから、客船のときはけっしてわからない、空母《くうぼ》せたたま小学校へのひみつのドアを案内《あんない》してくれるのだ。

のぞみのそばに、転校生のたくみがよりそっている。

「仲《なか》がいいなあ、あの二人」

「仲がいいわけではないでしょ」とわたしはいった。「いっしょにいるだけだよ。たくみは、のぞみをいつも見てるけどね」

「お姉《ねえ》ちゃんコンプレッサー、っていうやつ？」とアユ。

「コンプレックス」とフジムラ。

「それそれ」

「まあむりはないかもね。あれだけキレイなお姉ちゃんがいると」
「でもたくみもかわいいじゃん」
「新しい世界を見せてあげなきゃ」とわたしはいった。
そのために、みんなが寝《ね》しずまった今夜、わたしたちは集まったのだ。
空母《くうぼ》せたたま小学校が、ふたたび、南太平洋に出現《しゅつげん》する。
いつぞやはマモルとたった二人で、心細くも空母の上から飛《と》びたった。
でも今日《きょう》はちがう。
みんなといっしょに飛ぶのだ。
「さあ、行きましょう」とのぞみがエレベーターのボタンを押《お》した。
みんなで編隊飛行《へんたいひこう》をしているうちに夜明けになった。
生まれたばかりの太陽がきらめいて、海が黄金色《こがねいろ》にかがやく。
「もうすぐオーストラリア上空だよ」とわたしはいった。
マモルがバンク、といって、翼《つばさ》を左右に動かす。わかった、という合図だ。でも、あとの四機《き》、つまりアユ、フジムラ、そしてのぞみとたくみは、どうやらそのよゆうもない。わりと必死《ひっし》でついてくる。

めざすは、モーニング・グローリー。

オーストラリア北部の朝の空にみられる自然現象《しぜんげんしょう》だ。

やがて。

「おお、見えてきた！」

目の前の空に細長い一本の巨大《きょだい》な白い棒《ぼう》が横になって浮《う》かんでいる。

これがモーニング・グローリーだ。

「やったあ！」「わお！」「なにこれ、ヒトミ！」「すごい！」

はしからはしまで千キロにおよぶ長さ。

丸くて白いアイスのような、巨大《きょだい》な棒状《ぼうじょう》の雲。

壮大《そうだい》で神秘的《しんぴてき》な空の回廊《かいろう》。

その回廊が、ゆっくりと回転しながらすすんでいく。

モーニング・グローリーの真上にきた。

六機《き》の編隊《へんたい》に、一列《れつ》になるよう指示《しじ》。

それからわたしはいった。

「全機《ぜんき》、エンジン停止《ていし》！」

「ええっ！」「そんなことしたら、落っこちるでしょう！」

「いいから！」と、わたし。「信《しん》じないならわたしを見て！」


エンジンを切る。

プロペラの回転がとまる。

ふつう、空中でこんなことをしたら、失速《しっそく》して飛行機《ひこうき》は墜落《ついらく》してしまう。

でも、ここではそんなことはないのだ。

モーニング・グローリーの上には気流がふきあげていて、いってみればサーファーにとっての波の上のようなものだ。プロペラをまわさなくても、飛行機はその上にいるだけで、雲の上をすべっていく。世界中のグライダーマンが、この上で自分のグライダーを滑空《かっくう》させることを夢見《ゆめ》ている。

だが、この雲が発生するのは一年のうち何度かだけ。そのめずらしいチャンスにたどりつけるかどうかは、まったくの偶然《ぐうぜん》だ。

でも、その偶然に出会える。出会えるはずだ。わたしは確信《かくしん》していた。なんの根拠《こんきょ》もなかったけど。そして、そのとおりになった！


しーん。

エンジンの音が消える。

かすかな、風の音。

白い、雲。見上げれば、青い空。

空に浮《う》かんでいる。

操縦席《そうじゅうせき》の風防《ふうぼう》ガラスを全開にする。

「気持ちいい〜〜！」

もう、このまま雲の上にダイブしたい気分だ。

あの子、たくみも、そんな気持ちになってくれているだろうか。

マモルのゼロ戦《せん》が近づいてくる。

「ヒトミ、すごいな、モーニング・グローリー。みんな、うっとりしてるよ」

うん。わたしはにっこりした。

「ヒトミ、すてきなものを見せてくれてありがとう」

どういたしまして、のぞみ。

「あのさ～ヒトミ」

「なあに、アユ」

「愛《あい》してる！」

ばか。

「さあ、そろそろ帰ろう。エンジン始動！」

「了解《りょうかい》！」

夢《ゆめ》のようないっしゅんがすぎて、わたしたちは空母《くうぼ》に帰艦《きかん》した。

ふたたび操舵輪《そうだりん》をとったアユが、うれしそうにさけぶ。

「空母せたたま小学校、発進！」

CAST

空母せたたま小学校、発進！

Hitomi Noma
野間ヒトミ

Ayu Mizoguchi
溝口アユ

Fujimura Mita
三田フジムラ

Mamoru Koroku
小六マモル

Nozomi Fuyumoto
冬元のぞみ

Takumi Ashimura
芦村たくみ

Aircraft carrier "Setotama Shogakko"
空母せたたま小学校

special thanks to

せたたま小学校の生徒さん　教職員のみなさん
せたたま商店街／マンション「リバーサイドせたたま」
為口屋デパートせたたま店／北山菓子店
ブラック・エアボール監視漁船団　同監視委員会
（株）せたたま建設／区立ちゃがま図書館
せたたま地区の学校関係者（たまがわ小学校ほか）
ＳＴＶ「夕焼けどてたま」番組スタッフのみなさん
（株）ポンタ（ゲーム制作）

★本作品はフィクションです。
もし、せたたま、もとい、たまたま類似した名称等があったとしても、
それは単なる偶然です。ご了解のほど。

作 ◎ 芝田勝茂（しばた かつも）

石川県羽咋市出身。1981年『ドーム郡ものがたり』（福音館書店、のち小峰書店より再刊）でデビュー。異世界や近未来、過去を舞台にした長編ファンタジーを描きつづける。『ふるさとは、夏』（福音館文庫、福音館書店）で産経児童出版文化賞、『真実の種、うその種（ドーム郡シリーズ第3部）』（小峰書店）で日本児童文芸家協会賞を受賞。おもな著書に『きみに会いたい』『サラシナ』（ともに、あかね書房）、『星の砦』『進化論』（ともに、講談社）、責任編集に『夢をひろげる物語』シリーズ全12巻（ポプラ社）、編訳に『ガリバー旅行記』『西遊記』（ともに、学研）など。日本ペンクラブ、日本児童文芸家協会会員。

★公式サイト⇒『時間の木』http://home.u01.itscom.net/shibata/

絵 ◎ 倉馬奈未×ハイロン

キャラクターイラスト担当の倉馬奈未と背景・メカニカル担当のハイロンによるユニット。

・倉馬奈未（くらま なみ）

東京工芸大学卒業。イラストレーター。児童書のイラストや、占い雑誌のイラスト、体験談ホラー漫画等の仕事を手がける。ゴシックやパステルゴス、ロリィタ、スチームパンクが好き。

★公式サイト⇒『倉馬奈未website』http://the-hidden.wix.com/kurama

・ハイロン（HiRON）

東京都に生まれる。イラストレーター。おもに3DCGのキャラクターやメカを中心に、企業広告、書籍・雑誌、WEBなどのさまざまなメディアで活躍。このほか玩具メーカーのカードゲームのイラストなども手がけている。

★公式サイト⇒『CYBERFACTORY-H website』http://hiron-x.wix.com/hiron

お便りをお待ちしています。

〒160-0015　東京都新宿区大京町22-1そうえん社「ホップステップキッズ!」編集部宛

いただいたお便りは編集部より著者にお渡しいたします。

ホップステップキッズ! 26

空母せたたま小学校、発進！

2015年5月　第1刷

作 ◎ 芝田勝茂（しばた かつも）
絵 ◎ 倉馬奈未×ハイロン（くらま なみ×はいろん）

装 幀 ◎ 植田マナミ（ウエダデザイン）

発 行 者：福島清
編　　集：小桜浩子
発 行 所：株式会社そうえん社
〒160-0015　東京都新宿区大京町22-1
営業 03-5362-5150（TEL）／03-3359-2647（FAX）
編集 03-3357-2219（TEL）
振替 00140-4-46366
印刷・製本：図書印刷株式会社

N.D.C.913 / 248p /20×14cm　ISBN978-4-88264-535-1　Printed in Japan

ホームページ◎http://soensha.co.jp